Чингиз
Абдуллаев

Чингиз Абдуллаев

Приличный человек

– Господа,– попытался остановить их Фейгельман,– надеюсь, вы не собираетесь устраивать здесь нечто вроде ристалища?
– Ни в коем случае,– успокоил его Дронго,– только гладиаторские бои со смертельным добиванием.

ЭКСМО
МОСКВА
2010

УДК 82-3
ББК 84(2Рос-Рус)6-4
А 13

Оформление серии *А. Саукова*

Иллюстрация на обложке *В. Петелина*

Абдуллаев Ч. А.

А 13 Приличный человек : роман / Чингиз Абдуллаев. — М. : Эксмо, 2010. — 320 с. — (Современный русский шпионский роман).

ISBN 978-5-699-44187-7

Загадки и тайны, сплетенные смертью... Они преследуют по пятам известного эксперта-аналитика Дронго. Однажды в аэропорту он случайно знакомится с бизнесменом Николаем Сутеевым. И вот спустя всего два месяца к сыщику обращаются с просьбой расследовать убийство Сутеева, застреленного в собственном подъезде. Дронго начинает собирать улики, изучать чужие судьбы, характеры, мотивы поведения; он докапывается до самых сокровенных тайн и признаний — он делает то, что делал сотни раз. Но то, что открылось в этом расследовании, повергает Дронго в шок, и он вынужден признать, что дьявольская выдумка и изворотливость убийцы заслуживают... восхищения!

УДК 82-3
ББК 84(2Рос-Рус)6-4

ISBN 978-5-699-44187-7

В мире, за редким исключением, только и есть выбор между одиночеством и пошлостью.

Артур Шопенгауэр

Он запрятывал свою душу в панцирь, когда в веселом настроении наведывался в миссионерскую церковь, где проповедник неизменно твердил «вы... вы... вы...». Однажды какой-то любитель пофилософствовать спросил, почему бы не сказать «мы» вместо «вы». «Что?» — не понял проповедник.

Стивен Крейн
«Мэгги, уличная девчонка»

Благородный человек знает только долг, низкий человек знает только выгоду.

Конфуций

Глава 1

До посадки оставалось около сорока минут. Раньше эти залы назывались «депутатскими». Потом стали залами для официальных делегаций, затем VIP-салонами. Сущность от этого мало менялась, но стоимость обслуживания возрастала до неприличной суммы, и билет Москва — Баку в обе стороны теперь стоил гораздо дешевле, чем обслуживание в подобном зале при вылете и прилете гостя. Было полное ощущение, что эти цены рассчитаны на гостей из списка «Форбса», еще не успевших потерять свои миллиарды. При этом вылетающий первым или бизнес-классом пассажир мог рассчитывать на бесплатный горячий обед в своем салоне, выбор алкогольных напитков, закусок, пирожков, сладостей, воды, соков. Оформлявшийся через VIP-салон пассажир не мог получить даже бутылку минеральной воды, которая обходилась ему дополнительно в семь или восемь долларов.

Похоже, с подобным беспределом уже все смирились. И статусные пассажиры привычно заказывали подобные салоны, отказываясь от полагавшихся им согласно купленным билетам гораздо более комфортабельных салонов для пассажиров первого класса. Он не любил подобные излишества. По его твердому убеждению, сумма в пятьсот долларов могла быть потрачена на что-нибудь более полезное, чем ожидание на протертых диванах престижного салона. Поэтому он, оформляя свой билет, отправлялся в салон для пассажиров бизнес-класса, предпочитая спокойно почитать газету и выпить рюмку коньяка перед взлетом.

В Домодедово, как и в остальных аэропортах

Москвы, цены были абсолютно неприличными, но салоны для пассажиров бизнес-класса с годами только улучшались. Он положил газету на столик рядом с собой, допил свою рюмку коньяка и посмотрел на часы. Еще тридцать пять минут. Скоро объявят о посадке на самолет в Лондон. Он почувствовал, как слипаются пальцы правой руки: наверно, когда наливал себе сок, несколько капель попали на внешнюю сторону стакана. Нужно помыть руки перед взлетом.

В описываемый нами период ему было уже далеко за сорок. Высокого роста, подтянутый, широкоплечий, он больше был похож на бывшего спортсмена или телохранителя, чем на одного из самых известных в мире аналитиков, которого все знали под именем Дронго. Эту смешную кличку он выбрал себе много лет назад и не расставался с ней ни при каких обстоятельствах. Внимательный взгляд темных глаз, тонкие губы, вытянутая голова, почти лишенная растительности, широкий большой лоб. Он направлялся в туалет, когда услышал за спиной радостный возглас. Он обернулся.

– Господин Дронго, – прокричал на весь зал мужчина с необъятной фигурой и невероятным животом, – как я рад вас видеть!

– Не кричите, – попросил Дронго, пожимая

ему руку, – я тоже рад вас видеть, господин Маркевич.

– Вы даже не представляете, как мы все вас любим и ценим, – почти не сбавляя своего рокота, продолжал Маркевич. Он весил килограммов сто пятьдесят и являл собой уморительную фигуру с большим животом и почти женскими грудями, в спадающем с плеч огромном пиджаке, больше напоминающем балахон.

– Лучший эксперт в мире, говорят все наши специалисты, – продолжал радостный Маркевич, – моя страховая компания считает вас самым объективным профессионалом, с которым всегда приятно иметь дело.

– Это преувеличение, – возразил Дронго, – и не нужно так громко. Я все слышу.

На них начали оборачиваться сидевшие в зале люди.

– Как я рад вас видеть, – продолжал Маркевич, когда подошедшая дежурная тронула его за рукав.

– Вы опоздаете на свой рейс, – строго напомнила она.

– Конечно, конечно, – Маркевич схватил сразу несколько больших пакетов и заторопился к выходу. Затем обернулся и на прощание помахал рукой вместе с пакетами.

— Приезжайте к нам, — крикнул он, — мы будем вам рады!

Дронго улыбнулся. Такие большие и полные люди обычно бывают добряками, обожающими весь мир. Он вошел в туалет и направился к одной из кабинок. Хорошо, что он встретил Маркевича. Когда встречаешь такого замечательного человека, становится легче на душе. Он услышал, как отворилась дверь в туалетную комнату и кто-то вошел. Затем раздался неясный шум.

Дронго прислушался. Здесь несколько кабинок, и непонятно, откуда идет этот шум. Кто-то смеется или мяукает. Может, здесь забыли кошку? Он снова прислушался. Нет, это не смех. Скорее, кто-то тихо плачет, стараясь не привлекать к себе внимание. Это так страшно, когда почти беззвучно плачет мужчина. Дронго нахмурился. Никаких сомнений, мужчина плакал, стоя рядом с умывальником. Дронго хотел выйти из кабинки, но замер. Неудобно выходить прямо на плачущего человека. В таких случаях лучше не появляться. И вообще, лучше не вмешиваться в чужие дела. Может, у неизвестного болит голова, или он получил какие-то неприятные известия о своей семье. Или экономический кризис разорил его фирму. Здесь может случиться все, что угодно, и лучше не беспокоить человека своим назойливым сочувствием.

Он снова прислушался. Всякие звуки прекратились. Дронго решил незаметно выйти из туалетной комнаты, чтобы не смущать неизвестного. Люди обычно не хотят, чтобы их видели в момент горя или отчаяния. В конце концов, можно вытереть руки мокрой антисептической салфеткой, которые он носил с собой. Если неизвестный прошел в другую кабинку, то они с ним разминутся.

Дронго вышел и увидел стоявшего перед зеркалом невысокого мужчину с печальным лицом. Тот смотрел на себя в зеркало, словно видел в первый раз. У неизвестного были всклокоченные волосы, мелкие черты лица, карие глаза, немного оттопыренные уши. Он был одет в дорогой темный костюм и светлую рубашку без галстука.

Неизвестный наклонился к умывальнику, открыл воду, чтобы умыться. Посмотрел на себя в зеркало, тяжело вздохнул. Дронго уже не мог отвернуться, сделав вид, что не замечает незнакомца.

— Вам плохо? — спросил Дронго. — Я могу вам чем-нибудь помочь?

Вместо ответа неизвестный покачал головой,

наклонился и неожиданно, уже не сумев сдержаться, громко разрыдался, стоя перед умывальником. Дронго подошел к нему. Даже немного театрально, недовольно подумал он. Слишком громко. Возможно, у незнакомца произошла трагедия, но нужно уметь себя сдерживать. В карманах у Дронго всегда были два носовых платка. Он достал один из них, протянул неизвестному.

— Умойтесь и вытритесь, — посоветовал Дронго, — и не нужно так громко плакать. Нас могут услышать.

— Да, да, конечно, — всхлипнул незнакомец. Он наклонился к умывальнику, начал умываться. Затем взял носовой платок и тщательно вытер лицо.

— Спасибо, — поблагодарил он, — если разрешите, я оставлю его себе. Мне неудобно возвращать его вам мокрым.

— Оставьте, — согласился Дронго, — никаких проблем.

— Это только на время, — сказал неизвестный, — я его выстираю и верну его вам, если вы оставите мне свой номер телефона.

— Обязательно, — кивнул Дронго, — иначе я просто потеряю сон из-за этого носового платка. Я буду разорен, если начну раздавать свои платки в туалетах каждому встречному.

Незнакомец всхлипнул и улыбнулся.

— Уже лучше, — продолжал Дронго, — а теперь скажите, если хотите, что случилось. Почему вы так бурно реагируете? Что-нибудь произошло?

— Да, — кивнул неизвестный, — произошло. От меня ушла жена.

— И вы так переживаете? — не скрывая иронии, уточнил Дронго. — По-моему, нужно только радоваться. Если она решила уйти от вас, то ее, очевидно, было невозможно остановить. И она не очень хотела с вами жить. В таких случаях это почти идеальное решение. Чем мучиться вдвоем, лучше жить раздельно. Совместное проживание с женщиной, которая хочет от вас уйти, невыносимо.

— Она забрала с собой нашу дочь, — жалобно сообщил незнакомец.

— Это тоже поправимо. Существуют законы в любом цивилизованном обществе. Вы можете подать в суд и получить право видеть свою дочь столько, сколько сочтете нужным.

— Вы ничего не знаете, — устало выдохнул неизвестный, — у нас совсем иная ситуация. Я даже не знаю, как вам объяснить. В общем, она не просто ушла. Она меня бросила. Бросила, узнав, что я болен. И забрала с собой нашу дочь. Боюсь, что у меня не будет никаких шансов увидеть своего ребенка. Врачи считают, что у меня... онкология, — он выдавил это слово с некоторой растерянностью, — опухли лимфатические узлы. Я даже не думал, что все может быть так быстро. Теперь говорят, что не больше года.

Дронго помрачнел. Когда на человека сваливается столько несчастий, трудно его успокоить. Да и как можно успокоить человека, узнавшего свой приговор и сразу преданного собственной супругой.

— Вы давно женаты? — спросил Дронго.

— Восемь лет, — сообщил неизвестный, — это моя вторая жена. С первой я развелся много лет назад. Лариса казалась мне воплощением всех моих лучших надежд. Пять лет назад у нас родилась девочка. Мы назвали ее Леночкой. Такая чудесная девочка. И так неожиданно все получилось. Моя болезнь, уход Ларисы, наши неприятности на работе.

— Как вас зовут?

— Извините, я не представился. Сутеев. Николай Евгеньевич Сутеев. Не помню, куда я положил свои визитные карточки. Извините. — Он похлопал себя по карманам.

— Ничего страшного. Возможно, врачи ошиблись и ваш диагноз еще следует уточнить.

— Ничего они не ошиблись, — вздохнул Сутеев, — я уже дважды все проверил. Сейчас лечу в Германию, возможно, это моя последняя попытка.

— В любом случае не следует падать духом. Я представляю ваше состояние, но будет гораздо лучше, если вы встретите все последующие события достаточно мужественно и спокойно.

— Вам легко говорить, — он засунул руку в боковой карман, доставая галстук, который туда спрятал. На пол упали две визитные карточки. Он наклонился, поднял обе карточки, протянул одну из них Дронго.

— Здесь указано, что я заместитель генерального директора компании «Ростан», — пояснил Сутеев, — хотя скоро от нашей компании тоже останутся одни воспоминания.

— Почему так?

— Экономический кризис. Мы пытались продержаться, уволили половину сотрудников, начали сокращать непроизводственные расходы, экономили буквально на всем. Но и это не помогло. Одним словом, везде плохо, — он махнул рукой с внезапно вспыхнувшим ожесточением.

По громкоговорителю пассажиров, вылетающих в Лондон, пригласили на посадку. Дронго поднял голову, прислушиваясь. Сутеев понял, что это рейс его собеседника.

— Идите, — кивнул он на прощание, — и спасибо вам за носовой платок. Если вы дадите мне свою визитную карточку, я вам обязательно позвоню и его вышлю.

Дронго достал из кармана свою визитку, протянул ее Сутееву. Тот взял, взглянул на карточку и положил ее в карман, очевидно, даже толком не читая. Сейчас ему было не до этого.

— До свидания, — сказал Дронго, — желаю вам всего хорошего. Чтобы ваш диагноз не подтвердился.

— Мне уже все равно, — махнул рукой Сутеев.

— И все-таки нужно бороться до конца, — убежденно произнес на прощание Дронго, выходя из туалетной комнаты. Ему было неловко стоять рядом с этим человеком, на которого навалилось столько несчастий сразу. Крах его компании, бегство супруги, тяжелая болезнь, не оставляющая ему шансов на выживание...

Дронго забрал свою сумку. Уже направляясь к выходу из салона, он размышлял о Сутееве. Почему все так несправедливо? Кажется, есть такая русская поговорка: «Пришла беда — отворяй ворота». Даже по статистике не может быть подобных роковых совпадений. Хотя почему совпадений? Может, просто нужно все поменять местами? В результате экономического кризиса, потрясшего весь мир, начала разоряться компания Сутеева. Напряженная работа вызвала обострение болезни, нервные потрясения вызвали сбой в организме. Это в свою очередь сказалось на характере Сутеева и на его отношениях с женщиной. Вполне возможное развитие событий. Судя по тому, как Сутеев вел себя в туалетной комнате, у него несколько истерический характер, что могло сказаться на его отношениях с супругой. Да и возраст мог сказываться. На вид ему под пятьдесят. Интересно, сколько его жене? И почему Сутеев развелся со своей первой супругой?

Дронго прошел в самолет, уселся в свое кресло. Он обычно не садился у иллюминатора, предпочитая не смотреть вниз.

Вся наша устоявшаяся жизнь может оборваться в один момент, печально подумал он. Где-то дает сбой какой-то ген или происходит мутация клеток. На работе начинаются неприятности, нарастающие как снежный ком. Они перетекают в личную жизнь. Или, наоборот, сбои в личной жизни отражаются и на службе, делая человека раздражительным, мнительным, подозрительным, эгоистичным.

В чем замысел Творца, подумал он. Почему один человек бывает удачлив в финансах, семейной жизни, живет долго и счастливо? А другой словно рождается для того, чтобы прожить свою жизнь тяжело и страшно. Почему так несправедливо обходится Творец или Рок с одним человеком при явной благосклонности к другому? Чем определяется подобная благосклонность? Или у бога могут быть свои «любимчики»?

Лайнер начал набирать высоту. Дронго закрыл глаза. Нужно постараться забыть этот неприятный инцидент в Домодедове. У любого человека есть свои проблемы, с которыми он пытается справиться. Некоторым это удается, большинство опускает руки, уже не пытаясь бороться. Судя по всему, Сутеев не из тех, кто может спасти себя сам. Он привычно опустит руки и поплывет по течению. Хотя, с другой стороны, он плачет, но летит в Германию, чтобы сделать новые анализы и окончательно подтвердить свой диагноз. Неужели его так волнует уход супруги? Или в такой момент обострения всех эмоциональных проявлений ему особенно больно, что она уходит от него, фактически предавая его в самый сложный момент жизни.

— Что вы будете пить? — спросила его стюардесса, когда лайнер уже набрал высоту.

— Налейте мне два стакана, — попросил он, отвлекаясь от мрачных мыслей, — в один томатный сок с лимоном и перцем, а в другой водку, тоже с лимоном. Ничего не мешайте, я сам все сделаю.

— Хорошо, — улыбнулась она, — вы хотите сделать «Кровавую Мэри»?

— Да. Только сам.

Он не скажет стюардессе, что почти не употребляет алкоголь в обычной жизни, предпочитая стакан красного вина за ужином или поздним обедом. Но в самолетах он обычно позволял себе расслабиться. Именно для того, чтобы легче перенести полет. Уже через полчаса он заставил себя забыть о Сутееве, даже не подозревая, что столкнется с этой историей через месяц, когда вернется в Москву.

Глава 2

В Москву Дронго вернулся через тридцать четыре дня. Из Лондона он полетел в Рим, где провел две недели вместе с Джил и детьми. Затем они отправились в Испанию, где любили отдыхать, и еще через полмесяца вернулись обратно в Италию. Все было слишком хорошо, чтобы длиться долго. Джил понимала, что он уедет, и ничего не спрашивала. Она уже привыкла к его частым отъездам и жизни на несколько стран и домов. Он искренне считал, что при своей профессии частного эксперта просто не имеет морального права находиться рядом с семьей, невольно подставляя их под свои расследования и ненависть своих оппонентов.

В аэропорту его встречал Эдгар Вейдеманис, его многолетний напарник и друг. Уже в машине он коротко сообщил Дронго, что его ищет господин Сутеев, позвонивший по городскому телефону в их небольшой офис, находившийся на проспекте Мира.

— Какой Сутеев? — не понял Дронго. — Я впервые в жизни слышу эту фамилию.

— Он говорит, что у него есть твоя визитная карточка.

— Не знаю, не помню. А кто он такой?

— Представился как господин Сутеев. Срочно хочет тебя видеть. Говорит, что очень важное дело.

— Сутеев, Сутеев, — дважды повторил Дронго. — Ты его сам видел?

— Нет. Он звонил только по телефону и разговаривал с Леней Кружковым.

Это был второй помошник Дронго. Собственно, из них двоих и состоял весь штат помощников.

— Сутеев. Что-то знакомое. Возможно, я его знаю. Он сказал, по какому вопросу хочет со мной встретиться?

— Нет. Но говорил, что ему нужно обязательно тебя увидеть.

— Сутеев, — он снова попытался вспомнить. Память подсказала встречу в аэропорту, происшедшую почти пять недель назад. Плачущий человек над умывальником. Он дал ему свой носовой платок, а тот протянул ему свою визитную карточку. И его фамилия была... Сутеев. Точно. Он наконец вспомнил. Сутеев. Тот самый несчастный незнакомец, от которого ушла жена с дочерью. Кажется, он летел в Германию, чтобы проверить свой роковой диагноз. Точно, это был он. И Дронго дал ему свой носовой платок и визитную карточку.

— Кажется, я его помню, — недовольно сказал Дронго, — такой невзрачный человек с трудной судьбой. Я действительно дал ему свою визитную карточку. Может, ты сам встретишься с ним и переговоришь? Мне бы не хотелось снова встречаться с этим человеком.

— Он тебе неприятен? — спросил Вейдеманис.

— Наоборот. Мне его жалко. Такая несчастная судьба. Экономический кризис разорил его компанию. У него нашли неизлечимую болезнь, и вдобавок от него ушла жена.

— Так не бывает, — усмехнулся Эдгар, — если только в кино.

— В жизни как раз так и бывает. Если разоряешься, то будь готов к разным неприятностям, в том числе и к возможной болезни. Или, наоборот, если неизлечимо заболел, то вполне возможно, что дела у тебя в бизнесе пойдут не очень хорошо, что скажется и на твоих семейных отношениях.

— Откуда ты все это знаешь про Сутеева?

— Он мне сам все рассказал. Такой несчастный слабый человек, который еще и тихо плакал, рассчитывая, что его никто не слышит. В какой-то момент мне стало его очень жалко.

— Может, тебе действительно лучше с ним не встречаться. Я с ним сам переговорю. Действительно, чем ты сможешь ему помочь?

— Неудобно. Возможно, он хочет просто еще раз встретиться со мной, чтобы высказаться, попытаться что-то объяснить. Я встретил его, когда он был не в лучшем состоянии.

— Тогда поступай как знаешь, — пожал плечами Эдгар, — только учти, что ты не мать Тереза и не можешь помогать всем страждущим и несчастным. Во всяком случае, экономический кризис в компании или развод с непостоянной супругой мало входит в твою компетенцию.

— Надеюсь, что вообще не входит, — улыбнулся Дронго. — Позвони ему и скажи, что я готов завтра с ним встретиться. Где ему удобно.

Больше на эту тему они не говорили. На следующий день Вейдеманис перезвонил и сообщил, что Сутеев готов приехать в их офис на проспекте Мира для личной встречи. Сегодня в пять часов вечера. Дронго согласился и положил трубку.

На проспекте Мира они арендовали три небольшие комнаты. В приемной обычно сидела девушка-секретарь, отвечавшая на телефонные звонки и принимавшая факсы. В соседней комнате размещались Эдгар Вейдеманис и Леонид Кружков, а в кабинете бывал и сам Дронго, хотя здесь он появлялся очень редко. Секретари часто менялись, они не должны были знать всех подробностей работы эксперта. В их обязанности входили только регистрация поступающих обращений и связь с внешним миром. А также своевременная выплата всех полагавшихся платежей — за свет, газ, воду, аренду помещений.

Финансовыми вопросами непосредственно занимался Кружков.

Дронго приехал в офис в половине пятого. Он помнил о прежней встрече и заранее настроился на минорный лад. Ровно в пять часов секретарь доложила ему, что пришел гость. Дверь открылась, и в кабинет вошел невысокий мужчина лет пятидесяти. У него были редкие рыжеватые волосы, стертые черты лица, немного курносый нос. Он был одет в джинсы, темный пуловер и кожаную куртку. Дронго удивленно взглянул на гостя. Кажется, его решили разыграть. Это был не Сутеев, это был совсем другой человек.

— Здравствуйте, — не очень решительно сказал вошедший, — извините, что я вас беспокою. Я Сутеев.

— Вы Сутеев? — недоверчиво переспросил Дронго. — Простите, но я помню господина Сутеева, которому я дал свою визитную карточку. Вы на него совсем не похожи. Можно я посмотрю ваши документы?

— Да, да, конечно, — гость достал из кармана паспорт, — можете посмотреть. Я Сутеев Дмитрий Романович.

Дронго взял паспорт, открыл его. Все верно. Вошедший действительно был Сутеевым, очевидно, родственником того Сутеева, которому он дал свою визитную карточку.

— Садитесь, — предложил Дронго, возвращая паспорт, — я думал, что вы другой Сутеев.

— Это был мой двоюродный брат, — сказал Сутеев, — Николай Евгеньевич Сутеев. Наши отцы были братьями.

— Почему был? — спросил Дронго. — С ним что-то случилось?

— Да. Его убили.

В наступившем молчании Дронго поправил ручки, лежавшие на столе, подвинул к себе стопку чистой бумаги.

— Когда это произошло? — уточнил он.

— Примерно две недели назад, — сообщил Дмитрий Романович. — Он возвращался домой, и убийца поджидал его на лестничной клетке. Когда Николай вышел на площадку из кабины лифта, чтобы открыть входную дверь, убийца подошел сзади и выстрелил в моего двоюродного брата. Когда он стрелял, Николай обернулся, и пуля попала почти в самое сердце. Только одна пуля. И она оказалась смертельной. Я бы этого грабителя своими руками задушил.

— Почему грабителя?

— А кто еще там мог быть? Самое любопытное, что убийца ничего не взял, следователи нашли у Николая в кармане около двух тысяч евро. Наверное, не успел, его спугнули. И ключи от квартиры. Говорят, что Коля умер почти сразу. Но только через полчаса его обнаружила соседка, которая вызвала милицию. Следователь говорит, что он лежал там не больше часа.

Сутеев нахмурился. Немного помолчал.

— Меня в этот вечер в городе не было, — мрачно пояснил он, — я был в командировке, в Киеве. Мне позвонили туда уже ночью, и я сразу выехал. Несчастный Николай, кто мог подумать, что все так страшно закончится!

— А как вы узнали, что мы были с ним знакомы?

— Мы нашли вашу визитную карточку у него в кармане, — пояснил гость, — и поэтому я сразу решил обратиться именно к вам.

— Почему именно ко мне?

— Я уже наводил некоторые справки, и мне сказали, что вы один из лучших экспертов, которые расследуют уголовные преступления. За две недели после убийства следователь прокуратуры так ничего и не нашел. На все наши запросы мне отвечают, что следствие работает. А мне обидно. И за Колю, который не должен был так погибнуть, и за нас всех. Какой-то мерзавец, убийца ходит по земле, дышит воздухом, радуется жизни, а Николай лежит в сырой могиле. Несправедливо. Вот почему я решил вам позвонить. Наверное, вы были с ним близко знакомы, если ваша карточка лежала у него в кармане. Может, даже дружили, не знаю. Но я пришел, чтобы вы нам помогли.

Дронго молчал.

— Я понимаю, что вы частный эксперт, — продолжал Сутеев, — и вы наверняка берете крупные гонорары, если вы такой известный человек, но у нас сейчас нет таких возможностей. Я не знаю, как мне с вами разговаривать, честное слово, не знаю. Просить вас бесплатно провести расследование — все равно, что просить одолжить нам деньги. Стыдно и неудобно. А заплатить вам мы сейчас не сможем. Пока его счета заблокированы, а на имущество наложен арест. На него претендует его супруга.

Дронго по-прежнему молчал.

— Он был не бедный человек, — быстро добавил Сутеев, — я думаю, вы об этом знаете. В любом случае у нас есть его завещание, по которому он оставляет мне свой загородный дом в Нижнем Новгороде. Он стоит не меньше тридцати-сорока тысяч долларов. Когда все закончится, я смогу его продать и заплатить вам деньги...

— Вы считаете, что пришли к ростовщику, который озабочен только состоянием своего банковского счета? — недовольно спросил Дронго. — Я случайно познакомился с вашим двоюродным братом. Абсолютно случайно и чуть больше месяца назад. Наше знакомство произвело на меня гнетущее впечатление. Столько несчастий, которые обрушились на него, могли вызвать потрясение и у более закаленного человека. Плюс это жестокое убийство. Я понимаю ваше состояние, господин Сутеев, но не нужно меня оскорблять. Я прежде всего человек, который не должен оставаться равнодушным к подобного рода историям. Хотя бы потому, что мы все в ответе за красоту этого мира. Так говорил один из английских королей.

— Спасибо, — взволнованно произнес Сутеев.

— Теперь я позову сюда моего напарника, и мы побеседуем с вами о вашем погибшем родственнике более обстоятельно, — предложил Дронго. Он поднял трубку телефона, вызывая Эдгара Вейдеманиса. Когда тот вошел в кабинет, Дронго представил гостя:

— Дмитрий Романович Сутеев. Двоюродный брат моего знакомого. Увы, уже покойного.

— Что случилось с господином Сутеевым? — уточнил Вейдеманис, присаживаясь к столу.

— Его убили, — мрачно сообщил Дронго, — и его кузен пришел к нам с просьбой о помощи.

— Как это произошло? — спросил Эдгар.

— На лестничной клетке. Кто-то выстрелил в него, когда он вышел из кабины лифта.

— Может, это был обычный грабитель?

— Не знаю. Может, и грабитель. Только в карманах погибшего нашли две тысячи евро и ключ от квартиры. Я правильно все излагаю? — обратился Дронго к Дмитрию Сутееву.

— Верно, — кивнул тот, — все так и было.

— Вы знали, что ваш двоюродный брат тяжело болен? — спросил Дронго у Сутеева.

— Знал. Насколько серьезно, он не говорил. Но позвал меня и сообщил, что сделал завещание на дом. Наши отцы были из Нижнего Новгорода, и там у его семьи оставался отцовский дом. Вот он мне его и завещал. Сказал, что так будет справедливо. Я еще пошутил, что завещание нужно делать после семидесяти, а он так серьезно мне ответил, что у него может не быть столько времени. Вот тогда я понял, что он не шутит. По его лицу было заметно, какие у него проблемы со здоровьем. Но он ничего мне конкретно не говорил. Хотя и сказал, что поедет в Германию на обследование.

— Когда приехал, вы с ним виделись?

— Два раза. Вот тогда только он мне и рассказал, что врачи не дают ему никаких гарантий, но считают, что нужно пройти курс химиотерапии. Так, кажется, это называется. И я понял, что у него нечто серьезное.

— Когда вы видели его в последний раз?

— За два дня до смерти. Я как раз поехал к нему домой, и мы вместе поужинали. Он не любил ходить в рестораны, обычно предпочитал ужинать дома.

— Вы были вдвоем?

— Да. Он заказывал еду в ресторане недалеко от его дома.

— Где он жил?

— Не очень близко. На Профсоюзной улице. Рядом с площадью Академика Келдыша.

— Вы считаете это далеким местом от центра?

— Раньше он жил на проспекте Академика Сахарова в новом доме. Раньше... до развода. До разрыва.

— Он развелся с женой?

— Нет. Формально они муж и жена, но фактически они уже два месяца как жили отдельно. Она съехала с дачи, на которой они жили, и вернулась в их квартиру. А он, как порядочный и приличный человек, не стал претендовать на эту квартиру, решив, что будет правильно, если он переедет в их старую квартиру. Раньше они жили на Профсоюзной, потом переехали в новый дом. Как раз за полгода до рождения Леночки. Это его дочь.

— С этого момента давайте подробнее. Сколько лет было вашему двоюродному брату?

— Сорок семь. Они поженились, когда ему было только тридцать девять.

— А его супруге?

— Почти тридцать. У обоих это был второй брак. Вы знаете, я все время чувствовал, что она не совсем искренне относится к Коле. Всегда была в каком-то напряжении, когда появлялись родственники мужа. Как-то непонятно себя вела, нервничала, дергалась. У нее ведь был неудачный брак с первым мужем. Тот был чиновником из налогового ведомства. Крупным чиновником, кажется, начальником управления. Но начал злоупотреблять спиртным, позволял себе заводить интриги на стороне, в общем, вел себя непотребно. И они развелись, когда ей было только двадцать пять. Он был старше ее на четырнадцать лет. Наверно, это какой-то непонятный комплекс, ведь Николай тоже был старше нее на девять лет. Сначала у них долго не было детей, и только через три года родилась

Леночка. Вы бы видели, как тогда радовался Николай, как он гордился своей дочерью. Ведь от первого брака у него детей не было.

— А где его первая жена?

— Уже давно замужем. Они поженились, когда обоим было по девятнадцать. А через четыре года развелись. Так, наверное, бывает. Молодые, глупые, вместе учились. Такая несознательная юношеская любовь. Она сейчас замужем. Ей тоже сорок семь лет, и у нее двое взрослых сыновей. По-моему, даже есть внуки. Светлана Лебеденко, по мужу она, кажется, Новикова, но я могу что-то напутать.

— У супруги вашего брата были дети от первого брака?

— Да. У нее есть сын. Ему уже шестнадцать, он заканчивает школу. Говорят, что он достаточно сложный подросток. Но я с ним почти незнаком, он большую часть времени проводил у своей бабушки, матери Ларисы.

— Она была на похоронах?

— Конечно, была. И очень сильно плакала. Вы бы видели, как она переживала, даже почернела от горя. Не поймешь этих женщин. Сама взяла дочку и ушла из дома, а потом так убивалась на похоронах. Ничего не понятно. Но формально она теперь наследница всего имущества моего брата. Она и их дочь. Так мне сказал адвокат.

— Причину их разрыва вы знаете?

— Понятия не имею. Николай ничего не говорил, а я ничего не спрашивал. Разве можно о таком спрашивать! Мужику и без того тяжело, чего ему душу разворачивать своими вопросами?

— Вы кого-то конкретно подозреваете?

— Нет, — испугался Дмитрий, — нет, конечно. Иначе я бы сразу этого убийцу сдал прокуратуре. Я никого не подозреваю. Не думаю, что у Николая могли быть враги. Он был очень хорошим человеком. Это мог быть какой-нибудь отморозок.

— А как на работе? У них ведь были неприятности в компании, где он работал.

— Откуда вы знаете?

— Он сам мне об этом сказал.

— Да, были. Кто мог подумать, что начнется этот кризис. Они взяли большие ссуды, и их нужно было возвращать. Взяли в долларах. Тогда выгодно было брать в долларах, очень выгодно, ведь рубль дорожал с каждым днем и доллар уже стоил почти двадцать три рубля. Получалось, что брал десять тысяч долларов, а возвращал с процентами девять с половиной.

Кто мог подумать, что начнется такой кризис, снова произойдет девальвация и рубль рухнет почти на пятьдесят процентов.

— Вы работали с ним?

— Нет. Я снабженец в другой фирме. Занимаюсь поставками мясопродуктов в супермаркеты. У нас тоже свои проблемы. И очень большие.

— Кто еще из близких родственников был у вашего двоюродного брата?

— Моя сестра. Она живет в Санкт-Петербурге. Еще два наших двоюродных брата, дети сестры наших отцов. Они живут в Белоруссии. Там живет и наша тетка с мужем. Вот, пожалуй, и все. Из близких родственников только мы.

— Вы видели его завещание?

— Нет. Но говорят, что оно хранится у нотариуса. Бедный Коля все предусмотрел. Он вообще был очень предусмотрительным человеком. Это у него с детства. Он все время выигрывал олимпиады по математике, умел хорошо считать.

— Какое имущество у него осталось? Квартира на проспекте Сахарова, квартира на Профсоюзной. Что еще?

— Небольшая дача. Он построил ее три года назад. Двухэтажный домик на берегу речки. Ничего особенного. Может потянуть тысяч на сто пятьдесят—двести, не больше.

— И все? Акций других компаний у него не было?

— Насколько я знаю, не было. Для него смыслом существования была их компания «Ростан». А когда там начались неприятности, он очень переживал. Даже ездил в Австрию, в Германию, пытался найти там кредиторов, но каждый раз возвращался ни с чем.

— А счета в банках?

— Не думаю, что у него оставались большие деньги. Они вместе с генеральным директором «Ростана» пытались спасти свою компанию, отдавая туда все, что имели. Я просто отдаю должное его мужеству, — взволнованно произнес Дмитрий Сутеев, — он уже понимал, что обречен.

— Если он знал, что неизлечимо болен, то неудивительно, что он решил все предусмотреть. Значит, его первый брак был бездетным и там не могло остаться наследников, способных претендовать на его имущество.

— Никаких. У него единственный наследник — его дочь, которой сейчас пять лет.

— Не совсем. Адвокат вам правильно все объяснил. Согласно российскому законодательству, супруга вашего мужа может претендовать на половину его имущества и денег, нажитых в период совместной жизни. А остальная половина делится между наследниками. Между ней и его дочерью.

— Получается, что она возьмет все деньги Коли? — разозлился Дмитрий Романович. — Это несправедливо.

— Как раз очень справедливо. Формально она его супруга, ведь развода не было. Вернее, его вдова. По любой логике, половина имущества должна отходить супругу или супруге, а остальная половина делится между наследниками первой очереди. Это дети и родители.

— А его братья и сестры?

— Двоюродные братья и сестры наследники четвертой степени, — пояснил Дронго, — если нет специального завещания, оговаривающего ваши права, как с наследованием дома в Нижнем Новгороде. Наследники второй очереди — это внуки, дедушки, бабушки. Третья очередь за дядями и тетями. И только потом двоюродные братья и сестры. А жены и мужья идут вне категории. Им в любом случае должна отходить половина имущества и наследство из второй половины.

— Несправедливо, — вздохнул Сутеев.

— А мне кажется, наоборот. Очень справедливо и логично. Ведь супруги совместно наживают имущество, значит, его нужно сначала поделить пополам и уже потом из оставшейся половины выдавать наследство супругу. А если нет несовершеннолетних детей и родителей, то вообще все имущество отходит супруге.

— Теперь буду знать, — кивнул Сутеев, — моим детям уже за восемнадцать. Значит, в случае моей смерти все останется моей жене. И только ей одной?

— Если вы не оставите завещания, то только ей одной. Сколько лет вашим детям?

— Сыну двадцать три, а дочери двадцать. Они оба еще учатся.

— Они уже совершеннолетние. Значит, главный наследник ваша супруга. Как и вы главный наследник своей супруги.

— Но это нечестно, — нахмурился Сутеев, — мой брат всю жизнь работал, пахал как проклятый. И деньги зарабатывал большие, новую квартиру купил, дачу построил, две машины приобрел. А Лариса все время дома сидела. Но деньги, значит, нужно делить пополам?

— В вас говорит глупый мужской шовинизм. А разве женский труд дома не менее важен, чем мужское пребывание на работе? Разве они мало работают дома? И это не должно засчитываться как их совместное проживание, ведь жена должна заботиться о доме, детях, своем муже, а это тоже нелегкий труд.

— Бросьте меня убеждать. У Ларисы была няня, кухарка, горничная, домработница, водитель. И все на деньги моего брата. Тоже мне работа. Она не вылезала из салонов красоты и фитнесцентров. Если вы ее увидите, то все сразу поймете. Она думала только о своей фигуре и макияже, — зло произнес Сутеев, — а когда она действительно была нужна моему двоюродному брату, то бросила его.

— Тем не менее закон будет на ее стороне, если ваш брат не оставил специального завещания. Но даже в этом случае он мог распоряжаться только половиной своего имущества и денег. Вторая половина гарантированно отходит к его вдове. Таков закон.

— Тогда получается, что больше всех она и была заинтересована в его убийстве, — мрачно сказал Сутеев. — Иначе он мог бы с ней развестись и найти себе другую жену, более покладистую и с меньшими амбициями.

— Возможно, — согласился Дронго, — но это пока только ваши предположения.

— Бедный Коля. Значит, вы согласны нам

помочь? Я готов продать дом в Нижнем Новгороде, как только мне оформят его в собственность, и расплатиться с вами. Только найдите убийцу. Я не хочу, чтобы Коля ушел на тот свет неотомщенным. Это у какого гниды рука поднялась на больного человека? Я хочу все знать.

Дронго взглянул на Вейдеманиса. Тот усмехнулся. Он уже знал, как ответит его друг.

— Хорошо, — сказал Дронго, — про деньги мы говорить не будем. Вы оплатите наши текущие расходы, которые могут возникнуть в процессе расследования. Небольшие расходы на передвижение по городу и телефонные разговоры. Я постараюсь вам помочь. Сделаю все, что смогу. Но вы должны мне помогать. Договорились?

— Да, — обрадовался Сутеев, — спасибо большое. Вы знаете, что мне сказал один мой знакомый? Он бывший сотрудник уголовного розыска, сейчас начальник службы безопасности в крупном супермаркете. Когда он услышал, что в кармане моего брата была ваша визитка, он мне даже не поверил. А потом сказал, что нам всем очень повезло. «Если сам Дронго знал твоего погибшего брата и согласится провести свое расследование, считай, что убийца уже в тюрьме», — сказал мне мой знакомый.

— Он слишком категоричен, — вздохнул Дронго, — убийцу еще нужно найти.

Глава 3

Трудно было предположить, как именно развернутся последующие события. Но они начали разворачиваться непредсказуемо. Рано утром в его городской квартире раздался телефонный звонок. Он открыл глаза и посмотрел на часы. Было только двадцать минут десятого. Интересно, кто из знакомых может звонить в такое раннее время? Он услышал щелчок громкоговорителя. Записанный на магнитофон автоответчик сообщил, что хозяина нет дома, и попросил оставить сообщение. Сразу раздался незнакомый молодой голос.

— С вами говорят из прокуратуры. Следователь Талганов. Мне нужно с вами увидеться. По моим сведениям, вы уже вернулись в Москву. Срочно перезвоните в прокуратуру. Я сейчас продиктую свой номер телефона. Иначе нам придется вызывать вас повесткой.

Следователь продиктовал номер телефона и положил трубку. Дронго нахмурился. Только этого ему не хватало для полного счастья. Интересно, зачем он понадобился следователю прокуратуры? Или это дело связано с погибшим Сутеевым? Скорее всего, именно так. Наверно, следователь тоже узнал о найденной визитной карточке и захотел познакомиться с экспертом по расследованию тяжких преступлений, который оказался знакомым погибшего бизнесмена. Дронго поднялся с кровати. Заснуть он уже все равно не сможет.

По привычке приняв душ и тщательно побрившись, он подошел к городскому аппарату, поднял трубку, набрал номер телефона следователя прокуратуры. Когда раздался его голос, Дронго вежливо уточнил:

— Господин Талганов? Вы звонили мне сегодня утром. Я как раз был в душе. Могу я узнать, чем вызван ваш ранний звонок?

— Можете. Если сегодня приедете ко мне, — жестко сказал следователь. — И уточним ваши инициалы. Фамилию, имя, отчество. Я не совсем понимаю, что такое Дранко, хотя мне говорят, что вы достаточно известный человек в определенных кругах.

— Это только слухи. И не Дранко, а Дронго. Меня обычно так называют.

— У нас в прокуратуре не приняты клички, — сразу заявил следователь, — мы привыкли обращаться к гражданам по фамилиям или по имени-отчеству. Когда вы сможете ко мне приехать?

— Это официальный вызов?

— Считайте, что так. Когда мне вас ждать?

— В двенадцать. Вам удобно?

— Я весь день на работе. Мне удобно все, что помогает нашему расследованию. Ровно в двенадцать часов я буду вас ждать. Пропуск будет внизу, у дежурного. Постарайтесь не опаздывать.

— Понятно. Можно один вопрос?

— Какой?

— Сколько вам лет?

— Это не имеет к нашим делам никакого отношения, — отрезал Талганов и положил трубку.

«Молодой и задиристый, — подумал Дронго, — считает себя уже лучшим профессионалом и всех, кто старше его хотя бы на несколько лет, — никчемными стариками. Не говоря уже о тех, кому за сорок. Эти для него просто «выживающие из ума бронтозавры». Все правильно. В молодости мы всегда бываем категоричны. Придется ехать к этому Талганову и узнать, что ему нужно».

Без пяти двенадцать он уже был у дверей прокуратуры. Поднялся на второй этаж, где его ждал следователь Аксен Талганов. Дронго открыл дверь:

— Разрешите?

— Я занят! — крикнул ему Талганов. Он говорил по телефону.

Дронго улыбнулся и закрыл дверь, отступая

в коридор. Талганову было не больше двадцати пяти. У него было круглое лицо, характерные узкие глаза, приплюснутый нос. Очевидно, он был родом откуда-то с Северного Кавказа. У молодого человека были пухлые, но упрямо сжатые губы. Он еще наслаждался своей должностью и огромными правами, которые давала эта должность.

Дронго подошел к окну. Сколько таких молодых «петушков» он видел в своей жизни. Увы, жизнь обламывает их очень быстро. Некоторые закаляются, превращаясь в злых и бойцовых петухов. Некоторые ломаются, уходя из органов, предпочитая сменить профессию. Некоторые становятся циниками, равнодушными к судьбам людей, с которыми работают. У каждого своя жизнь, но как стремителен путь от молодого, дерзкого, полного амбиций и надежд следователя Талганова до раздавленного жизненными обстоятельствами, поникшего, сдавшегося и ни на что не претендующего Николая Сутеева! Дронго посмотрел в окно.

— Где вы пропадаете? — услышал он за спиной голос следователя. Очевидно, Талганов, закончивший телефонный разговор, не выдержал и сам выбежал из кабинета, чтобы найти вызванного свидетеля.

— Вы сказали, что заняты, — спокойно ответил Дронго, поворачиваясь к нему лицом.

— Заходите, — пригласил следователь, — я уже освободился.

Дронго вошел следом за Талгановым в небольшой кабинет. Следователь уселся в свое кресло. Достал небольшой магнитофон. Положил его на столик.

— Я буду записывать наш разговор, — сообщил он, — а потом все оформлю в качестве протокола. Вам нужно будет еще раз зайти к нам, чтобы все прочитать и подписать.

— Обязательно, — кивнул Дронго, — задавайте ваши вопросы.

— Сначала формальности, — возразил Талганов. Очевидно, молодой следователь хотел, чтобы последнее слово в разговоре со свидетелями всегда оставалось за ним.

— Ваше имя, отчество, фамилия, год рождения, место рождения, национальность, гражданство, — начал перечислять следователь, доставая анкету.

Дронго привычно отвечал.

— Вы не гражданин России, — уточнил Талганов, — значит, вы иностранец?

— Не совсем. У меня есть право на жительство, — сообщил Дронго, — и моя квартира в Москве. Хотя я живу здесь меньше половины года и поэтому, согласно российскому законодательству, не плачу налогов в России.

— Это вы расскажете налоговой службе, — нервно произнес следователь. — Значит, вы нарушаете закон, не регистрируясь в Москве. Уже за одно такое правонарушение вас следует удалить из нашей столицы.

— Интересная мысль, — улыбнулся Дронго.

— Значит, отметим, что вы являетесь сознательным правонарушителем и не имеете права находиться на территории нашей страны без обязательной регистрации.

— Имею, — возразил Дронго, — я же вам сказал, что у меня есть право на жительство, раз я владею собственностью, зарегистрированной на мое имя.

— Но вы гражданин другого государства, — не согласился Талганов, — и, как представитель прокуратуры, я буду вынужден сделать официальный запрос по вашему пребыванию в нашей стране. Вы нарушаете российское законодательство, согласно которому все граждане иностранных государств, в том числе и стран СНГ, прибывающие в нашу страну на срок более трех суток, обязаны пройти регистрацию и...

— Хватит, — попросил Дронго, — у меня дипломатический паспорт.

— Что? — не сразу понял следователь.

— У меня дипломатический паспорт, — повторил Дронго. — Согласно вашему законодательству, лица, прибывающие в вашу страну с дипломатическими и служебными паспортами, не подлежат обязательной регистрации.

Талганов нахмурился. Затем быстро сказал:

— Покажите ваш паспорт.

Дронго достал паспорт. Следователь внимательно изучил его, затем вернул документ.

— Извините. Согласно нашему законодательству, я не имею права допрашивать дипломатических работников без присутствия консула вашей страны. Если вы разрешите, мы перенесем нашу встречу на другой день, и я приглашу сотрудника посольства, чтобы он присутствовал на нашей беседе.

— В этом нет необходимости, — сказал Дронго. — Послушайте, Талганов, не нужно придумывать различные сложности. Вы пригласили меня для беседы, давайте побеседуем. И помните, что я всегда на вашей стороне. Ведь у нас одинаковые профессии. Я тоже юрист по образованию и всю свою жизнь занимаюсь тем, что пытаюсь помочь невиновным, разыскивая виноватых. Вы ведь наверняка об этом слышали.

– Да. Говорят, что вы один из лучших международных экспертов.

– И поэтому у меня есть дипломатический паспорт. И паспорт эксперта ООН. Голубой паспорт сотрудника международной организации. Поэтому не стоит углубляться в формальности. Вы же не захотите приглашать сюда еще и Генерального секретаря ООН. Тем более что он наверняка не придет к вам в прокуратуру. Давайте перейдем сразу к делу. Зачем вы меня позвали?

– Я нарушаю закон, беседуя с вами без сотрудника вашего посольства.

– Ничего вы не нарушаете. В данном случае я сам пришел на нашу беседу. И не говорите о формальностях, иначе я потребую переводчика. По российскому уголовно-процессуальному законодательству, я имею право на переводчика, так как плохо владею русским языком. Представляете, сколько времени вы в таком случае потеряете, пока найдете сотрудника посольства и независимого переводчика?

Талганов впервые улыбнулся. И сразу потерял облик сурового следователя. Он был очень молодым человеком, только осваивающим азы следственной работы.

— Вы говорите по-русски лучше меня, — убежденно сказал следователь.

— Это вам только кажется. Зачем вы меня позвали? Догадываюсь, что по делу Сутеева. Верно?

— Откуда вы знаете? Кто вам об этом сообщил?

— Очень просто. Когда я пытался войти в ваш кабинет, я услышал фамилию Сутеева. У вас на столе лежат документы, среди которых тоже есть эта фамилия. Когда я садился, я успел ее прочесть. Два совпадения подряд, и я делаю нужный вывод.

— Где? — испугался Талганов, глядя на лежавшие перед ним бумаги. — Здесь ничего нет. И я не упоминал фамилию Сутеева по телефону, когда разговаривал. Вы не могли ее услышать. Я говорил совсем по другому делу.

— Конечно, — согласился Дронго, улыбнувшись, — это всего лишь обычный розыгрыш, господин следователь. Демонстрация методов дедуктивного мышления.

— Вы меня разыграли? — понял Талганов.

— А вы как думаете? Вы действительно не называли эту фамилию, и на вашем столе нет бумаг из дела об убийстве Николая Сутеева. Но искали вы меня и позвали в прокуратуру именно из-за этого дела, очевидно, узнав, что в карманах погибшего была моя визитная карточка.

— Верно, — удивленно кивнул следователь, — но как вы узнали?

— Объяснение достаточно простое. Вчера у меня был двоюродный брат погибшего — Дмитрий Сутеев, который рассказал мне обо всем случившемся, и от него я узнал про мою визитную карточку, которую нашли в кармане пиджака убитого. Очевидно, кто-то из знакомых Сутеевых уже успел сообщить об этом милиции, а те информировали вас. Догадываюсь даже кто. Среди знакомых Дмитрия Сутеева есть бывший сотрудник уголовного розыска. А они по старой привычке всегда сливают подобную информацию действующим сотрудникам уголовного розыска.

— Здорово, — не удержался Талганов, — все так и было. Вы действительно отменный профессионал.

— Не перехваливайте. Это было несложно. Значит, убийство Сутеева поручили именно вам? Боюсь, что я вас разочарую. Я ничего не знаю ни о погибшем, ни о его возможных убийцах. И вообще меня не было в Москве больше месяца. Я случайно познакомился с Николаем Сутеевым, когда улетал из Москвы. Абсолютно случайно. И дал ему свою визитную карточку. Он себя плохо чувствовал, и я передал ему свой носовой платок. Он попросил мою карточку, чтобы вернуть мне платок. Дал мне свою, а я дал ему свою. Вот, собственно, и все. Больше ничего конкретного я не знаю и знать не могу. К моему большому сожалению, иначе я бы с удовольствием помог вам в этом расследовании.

— А зачем Дмитрий Сутеев приходил к вам?

— Он хочет, чтобы я помог в расследовании этого убийства.

— И вы готовы ему помочь?

— Я бы не ставил так вопрос. Скорее помочь установить истину. Если хотите, помочь вам тоже.

— Извините, — сказал, немного покраснев, Талганов, — но мы в вашей помощи не нуждаемся. Не забывайте, что вы иностранец.

— Во-первых, я международный эксперт, а это подразумевает, что я могу работать на территории любой страны, если не нарушаю законов данного государства. Насколько я помню, Россия является членом ООН. А во-вторых, я имею право заниматься тем, чем хочу, проводя собственное расследование. Например, как журналист. Я ведь не претендую на статус официального лица, но я имею право проводить расследование на правах друга семьи или журналиста.

— С вами трудно спорить, — усмехнулся Талганов, — вы настоящий юридический крючкотвор.

— Скорее опытный юрист. Не забывайте, что я всю жизнь занимаюсь только этими расследованиями. Вы не сказали, сколько вам лет, когда сегодня утром я пытался уточнить ваш возраст.

— Двадцать четыре.

— Я примерно так и думал. Давно закончили юридический факультет?

— Два года.

— А самостоятельные расследования когда начали вести?

— Полгода.

— Все верно. Так и должно быть. Не обижайтесь, но, когда я начал проводить свои расследования, вас еще не было на свете. Хотя этот фактор как раз говорит в вашу пользу, а не в мою.

— Не обижаюсь, — улыбнулся Талганов. — Значит, вы совсем не знали погибшего?

— Видел только одну минуту. Вскрытие проводили?

— Конечно.

— Что нашли?

— Убийство. Обычное убийство, которые происходят в нашем городе сотнями. Кто-то выстрелил ему почти в сердце. С расстояния в несколько метров. Орудие убийства так и не нашли. Очевидно, он умер сразу, даже не мучаясь. Так считают наши эксперты.

— Внутренние органы не повреждены?

— Никаких ударов и кровоподтеков, кроме разрыва аорты при выстреле. Мы нашли гильзу на полу. Получил несколько синяков, когда упал, но это не считается.

— Я не об этом. У него не было каких-либо патологий? Внутренние болезни, тяжелые симптомы?

— Значит, вы были с ним знакомы? — осторожно уточнил Талганов.

— Не был. Не нужно ловить меня на слове, — нахмурился Дронго, — я действительно видел его не больше минуты. Может, две. Просто он успел сказать мне, что летит в Германию на обследование. У него были какие-либо поврежденные органы? Что сказали патологоанатомы?

— Да, — кивнул Талганов, — у него была сильно повреждена поджелудочная железа. Они считают, что он был тяжело болен. Врачи вообще считают, что это самая коварная болезнь, ее трудно обнаружить. Но при вскрытии все стало ясно. Он был обречен. Наш эксперт считает, что ему оставалось жить не больше года. Может, даже меньше.

– Что-нибудь еще?

– Небольшие отклонения в области печени. Она была увеличена. Больше ничего. Сердце работало нормально. Никаких других повреждений не нашли. Хотя метастазы уже начинались.

– Что было в карманах?

– Деньги. Довольно большая сумма. Две тысячи евро. И дома было еще около трех тысяч наличными. Хотя, может, для бизнесмена это не очень большая сумма, не знаю.

– Из какого пистолета его убили? – поинтересовался Дронго.

– В этом все и дело, – усмехнулся Талганов, – стреляли из старого пистолета «ТТ». Настолько старого, что его, наверно, использовали еще во время войны, лет шестьдесят назад. Или более того. Непонятно, как киллер решил воспользоваться таким оружием. Допотопный пистолет, который мог отказать в любой момент. Вы бы видели, как расплющило гильзу, я могу показать вам фотографию.

– Покажите, – попросил Дронго.

– Это тоже нарушение, – заметил следователь, – но вам, как эсперту, я могу показать.

Он достал из стола папку и вытащил фотографию, протянул ее Дронго. Тот взял фотографию, внимательно рассмотрел гильзу. Затем вернул следователю.

— Действительно, странно.

— И самое поразительное, что убийца не стал стрелять второй раз. Неужели он был так уверен, что сделал смертельный выстрел? Обычно киллер стреляет второй раз, добивая свою жертву. Контрольный выстрел в голову, но убийца его не сделал.

— Может, опытный убийца. Был уверен, что убил наповал. Или просто успел проверить.

— Все равно непонятно. Выходить с таким пистолетом на убийство очень опасно.

— У погибшего остались счета?

— Я уже проверял. Денег оставалось очень мало. Их фирма практически разорилась, и кредиторы готовы были в суде отстаивать свои интересы. Общая задолженность больше пяти миллионов долларов. Боюсь, что суд мог наложить арест не только на имущество компании «Ростан», но и на личное имущество руководителей компании, которые были ее фактическими совладельцами.

— Все было так плохо?

— Да. Я уже говорил с представителями компании. Допрашивал их генерального директора и главного бухгалтера. Генеральный – грузин, он с таким гонором, все время пытался мне доказать, что они еще могут вылезти. Хотя, чего там доказывать, вся информация уже есть на сайте в Интернете. Они вложили большие деньги в строительство нового предприятия, взяли кредит в банке, но грянул кризис. Кто мог тогда предположить, что все так обернется. Выплаты по процентам начали расти, потом добавился основной долг. С зарубежными кредиторами они рассчитались, практически исчерпав все свои деньги. А внутренние не хотели ждать. Накопился большой долг. В общем, погибший был не бедным человеком. Две квартиры в Москве, большая дача, две машины – внедорожник и «шестерка» «Ауди». На «Ауди» он ездил сам, а внедорожник «Прадо» оставил жене. Он даже оплачивал ей водителя. Такой приличный человек. Хотя, по моим сведениям, жена ушла от него еще два месяца назад, забрав с собой их дочь. Очевидно, это стало для него последним ударом. Неприятности на службе и неприятности дома. Не удивительно, что он заболел.

– Вы говорили с его вдовой?

– Она ничего вразумительно объяснить не может. Все время плачет, причитает. Соседи ее осуждают. Многие знают, что она ушла от мужа, а теперь сходит с ума из-за его убийства. Хотя может получить довольно солидное наследство. Только их квартира, в которой она живет с дочерью, стоит порядка четырехсот тысяч долларов. Их дача тоже стоит больших денег. В общем, она явно не пропадет. Но я проверяю все версии, в том числе и на возможность ее причастности к этому убийству. Ведь она осталась основной наследницей. И еще эта ссора перед его смертью. Нужно все проверить.

— Не сомневаюсь, что вы все сделаете правильно, — кивнул Дронго. — А версию кредиторов не пытались проверить? Люди не любят, когда им не возвращают большие деньги. Особенно в России. Если бы это была только зарубежная компания, тогда все понятно. Они предпочитают решать свои дела в судах. А если компания российская, то здесь все обстоит немного иначе. Должников не любят и не всегда прощают.

— Мы в первую очередь проверяем все версии, связанные с его бизнесом, — заверил Талганов, — у нас в Москве редко убивают из-за наследства. Чаще всего это разборки между бизнесменами, денежный интерес. Почти всегда. За два года в прокуратуре у меня были либо бытовые убийства, либо заказные убийства бизнесменов. Почти всегда понятно, кто заказчик. Другое дело, что трудно доказать его причастность к убийству. Но латинский принцип «кому выгодно» всегда работает безупречно. Сразу понятно, кто мог быть заказчиком данного убийства. А вот в случае с Николаем Сутеевым пока ничего не понятно.

– Эта проблема стоит перед юристами всего мира, – улыбнулся Дронго, – нужны доказательства и факты. Презумпцию невиновности еще никто не отменял. Во всяком случае, в цивилизованных странах. И задача прокуратуры всегда доказать вину конкретного человека.

– Не всего мира, – возразил Талганов, – на Северном Кавказе совсем другие обычаи. Мне иногда кажется, что некоторые обычаи сохраняют свою актуальность до сих пор. Если убивают человека, то там практически сразу все знают, кто это мог сделать. Никаких доказательств не ищут, улики не собирают. Приходит старейшина из рода убитого и стучит в дверь семьи убийцы. И очень спокойно объявляет кровную месть, заявляя, что теперь их семьи враги. Вы знаете, как это здорово действует? Ведь объектом нападения теперь может стать каждый мужчина из рода убийцы. Невольно тысячу раз подумаешь, прежде чем взяться за нож или пистолет.

— Обычай кровной мести явный пережиток прошлого, — возразил Дронго, — и тем более убийство члена семьи убийцы, вообще не причастного к этому преступлению. Вы знаете, как можно было заслужить прощение другого рода, откуда был убитый? Все мужчины рода убийцы, включая старейшин, должны были на коленях ползти в сторону дома убитого. Сам убийца отпускал бороду и волосы в знак покаяния. Близкий родственник убитого должен был острым ножом обрить и постричь убийцу. И если его рука не дрогнула, если не пролилось крови, то убийцу прощали. Но это было неслыханное унижение всего рода. И люди предпочитали умирать, убивая друг друга, чем заслужить такое прощение.

— Я этого не знал, — признался Талганов, — теперь буду знать. Но принцип неотвратимости наказания действовал. А это самое важное, когда борешься с преступностью.

— Никогда не говорите, что вы одобряете кровную месть, иначе вас просто выгонят из прокуратуры, — посоветовал Дронго.

— И не только кровную месть, — сказал Талганов, — я недавно был в командировке на Урале. Там задержали очередного маньяка-педофила. Если бы вы видели, что он делал с детьми!

Вот в таких случаях я за смертную казнь. И не смейте мне говорить, что в просвещенной Европе ему дадут пожизненный срок. Таких нужно беспощадно убивать.

— Начнем с того, что эти люди по-настоящему больны, — печально возразил Дронго, — и их нужно скорее лечить, чем карать. Но общество никогда не пойдет на подобные уступки. Общественное мнение требует сурового наказания. В данном случае я честно не знаю ответа на ваш вопрос.

— У вас огромный опыт, — напомнил Талганов. — В таком случае скажите мне откровенно, что лучше? Пожизненный срок или смертная казнь? Только не нужно уклоняться от ответа. Первый вариант или второй?

— За экономические преступления или так называемые государственные я бы не давал смертной казни, — признался Дронго.

— А убийства, совершенные с особой жестокостью, убийства детей, женщин, стариков, убийства целых семей? — настаивал Талганов.

Дронго молчал.

— Не хотите отвечать? — криво усмехнулся следователь. — Где же ваша объективность?

— Хочу, — ответил Дронго, — и отвечу. Я считаю, что таким тварям нет места на нашей земле. И в этих случаях я за безусловную смертную казнь. Без всякого сомнения.

Талганов прикусил губу. Потом очень тихо спросил:

— Вас еще не выгнали из международных экспертов? С такими взглядами, противоречащими европейским конвенциям?

— Уже скоро, — ответил Дронго, — видимо, скоро выгонят. Но я тоже видел то, что не должен видеть нормальный человек. И поэтому всегда помню, что я не бог. И если бог иногда прощает такую нечисть, то я простить не могу. Это моя принципиальная позиция.

Талганов вздрогнул. Он увидел глаза Дронго, которые блеснули в этот момент ненавистью. Следователь даже испугался. Обычно никто не видел таких глаз у Дронго. Он просто не позволял себе их показывать. Но сегодня, очевидно, под влиянием убийства несчастного Сутеева он позволил себе показать свои глаза. И они по-настоящему испугали следователя.

Глава 4

Дронго понимал, что следователь был прав. Бытовые убийства происходят достаточно часто и с помощью подручных средств — кухонных ножей, топоров, скалок, молотков, ножниц, всего, что может оказаться под рукой, даже тяжелых сковородок. Но убийство с применением огнестрельного оружия и при подобных обстоятельствах – это спланированное убийство, которое не бывает бытовым. Но Талганов обратил внимание на непонятную деталь. Почему убийца, заранее готовившийся к подобному преступлению, решил выйти с таким старым пистолетом? Это была пока первая и самая важная загадка.

Проверку следовало начать с компании «Ростан», где работал погибший. Посредством Интернета легко можно было узнать, что компания была создана десять лет назад и ее основными владельцами были Николай Сутеев и Вахтанг Чагунава.

Оборот компании в две тысячи седьмом году составлял около двадцати миллионов долларов в год. «Ростан» занимался поставками металла на строительство жилых домов. И в период строительного бума в Москве прибыли компании росли опережающими темпами. Но в две тысячи восьмом году начался кризис, обваливший рынок недвижимости. Взявшая кредит на строительство нового завода компания не могла его закончить и даже выплатить в нужный срок проценты по кредиту.

Им пришлось продать свои активы, уволить почти всех сотрудников, начать сворачивать производство. Самое важное было рассчитаться с зарубежными долгами, которые превышали восемь миллионов долларов. К началу две тысячи девятого года им удалось выплатить большую часть долга и реструктуризировать оставшуюся часть. Теперь нужно было расплатиться с долгами двум российским банкам, которые насчитывали около пяти миллионов долларов. Однако российские банки, находившиеся в еще более стесненных условиях, чем зарубежные, не собирались вести переговоры или разрешать должникам задержки с выплатами кредита. Оба банка подали в суд, рассчитывая на описание имущества владельцев компании «Ростан» и погашение кредита.

Дронго приехал в компанию к четырем часам дня. Раньше «Ростан» занимала четыре этажа в новом высотном здании. Теперь они ужались до одного этажа, вернув остальные три арендаторам. Да и этот один этаж был уже достаточно непосильным бременем для компании, уже сократившей почти девяносто процентов своего персонала. Дронго прошел по коридору.

На стенах еще висели остатки былой роскоши, рекламные плакаты «Ростана», графики поставок, улыбающиеся лица строителей.

Он вошел в приемную, где сидела женщина лет сорока. Она просматривала модный журнал, подняла голову при появлении гостя.

— Кто вам нужен? — нелюбезно спросила она. Прежнего лоска не было, здесь уже отвыкли за несколько месяцев от важных клиентов. К тому же секретарь была обижена на своего шефа, вдвое сократившего ей зарплату.

— Мне нужен господин Чагунава, — пояснил Дронго.

— Он у себя, — показала на дверь секретарь, — можете входить.

— Вы не будете докладывать? — уточнил Дронго.

— Зачем? — спросила она. — Мы и так доживаем последние дни. А со следующего месяца я, наверное, здесь уже не буду работать. Он меня увольняет. Сократил в два раза зарплату, а теперь и вообще решил избавиться.

Дронго усмехнулся:

— А где обычно сидел господин Сутеев?

— В соседней комнате, — вздохнула женщина, — только его уже убили. Боюсь, что и моего ждет такая участь. Когда остаешься должен такие деньги, могут убить где угодно.

— Вы так полагаете?

— Уверена. А вы сами из милиции?

— Нет. Из налоговой инспекции.

— Тогда прямо к нему. У него сейчас как раз настроение для налоговой, — хищно улыбнулась секретарь. — Хотя, подождите, — она подняла трубку, — порядок есть порядок.

— Вахтанг Михайлович, — сообщила секретарь, — к вам пришли из налоговой инспекции.

— Откуда? — удивился Чагунава.

— Из налоговой. Хочет с вами переговорить.

— Какая налоговая инспекция? Какие налоги? С каких прибылей? У нас только долги остались и убытки! — взревел Чагунава.

— Значит, ему уйти? — спокойно спросила секретарь.

— Я сейчас выйду! — крикнул Вахтанг Михайлович.

Через минуту дверь открылась, и на пороге появился мужчина среднего роста. У него были белые густые волосы, немного выпученные красноватые глаза, мордастое лицо, крупный нос, кустистые брови. Одетый в светлый костюм и темную рубашку без галстука, он испытующе взглянул на гостя.

— Это вы из налоговой? — грозно спросил он. По-русски Чагунава говорил без грузинского акцента. Очевидно, он родился и жил в России.

— Кажется, я, — кивнул Дронго. — Мне можно зайти к вам?

— Конечно, можно, — посторонился Чагунава, — входите. Мила, сделай нам кофе.

— Кофе закончился, — нагло сообщила Мила, — может, чай?

— Тогда купите кофе, — загремел Чагунава. — Почему ты меня позоришь перед гостем? Пошли кого-нибудь из ребят, и пусть купит банку самого лучшего кофе.

Он добавил еще несколько слов по-грузински. Дронго улыбнулся. Он немного понимал этот язык. Мила нахмурилась. Она не понимала, но догадывалась, что ее обругали. Хозяин и гость вошли в просторный кабинет. Чагунава пригласил гостя за длинный стол, уселся напротив.

— Чем могу служить? — поинтересовался он.

— Я не из налоговой инспекции, — сразу начал Дронго, — только я не хотел, чтобы об этом узнала ваш секретарь. Судя по всему, она недолго здесь задержится.

— Выгоню как собаку, — пообещал Чагунава. — Когда получала по три тысячи долларов, была как идеальная любовница, а теперь, когда мы ей немного урезали зарплату, превратилась в сварливую жену.

— Немного — это насколько?

— Уже успела пожаловаться? Да, в два раза. Но полторы тысячи долларов ей тоже много. Это почти пятьдесят тысяч рублей. Только она считает в долларах, а я в рублях. И все мои поставки идут в рублях, кроме наших долгов. Раньше получала шестьдесят пять тысяч, почти три тысячи долларов, а сейчас пятьдесят две. Немного сократили, но она считает в долларах. Раньше три, сейчас полторы. Но разве можно так считать? Я же не виноват, что рубль обесценился.

— Везде кризис, — согласился Дронго.

— Как вас зовут?

— Меня обычно называют Дронго.

— Какое странное имя. Господин Дронго, откуда вы пришли?

— Я частный эксперт, занимаюсь расследованием убийства вашего компаньона и заместителя Николая Сутеева.

— Какой хороший человек был, — вздохнул Вахтанг Михайлович, — сейчас таких уже не найдешь. Надежный друг, очень верный компаньон, хороший производственник. Мы с ним начинали буквально с нуля. Он тогда все продал и вложил свои деньги. Триста тысяч рублей. А я дал семьсот. Вот так мы и начинали с первого миллиона рублей. Тогда это было тысяч тридцать пять по курсу, сразу после августовского дефолта. Решили открыть свое дело. Очень рисковали, но оказалось, что рассчитали все правильно. Уже через год дела пошли гораздо лучше.

— И компания начала расширяться?

— Еще как! Мы уже считали себя почти олигархами. Вот мне все время говорят про мировую конъюнктуру, про цены на нефть, которые росли целых семь лет. Или восемь. Что мы правильно все рассчитали, решив вложиться в производство металла для жилых строений. Цены в Москве росли просто фантастически. Это значит, что мы такие умные? На самом деле все не совсем так. А я знаю точно, в чем дело. И почему у нас все сразу поменялось в новом веке. Дело было в нашем бывшем президенте. Пока он у власти был, творилось настоящее безумие. С деньгами, с правительством, с экономикой, с политикой, с кадрами. Все было вверх тормашками. Такой человек был неуправляемый. Горбачев оказался просто слабый человек, не сумел ничего удержать. А этот был настоящий разрушитель по своей натуре. Я слышал, что у себя на родине он даже дом снес, в котором царя и его детей расстреляли. Такой человек был неуправляемый. И пока он был у власти, все было шатай-валяй.

Дронго улыбнулся, но не стал спорить.

— А потом к власти пришел другой. Из Комитета государственной безопасности. Это нам сказки рассказывали, что он демократом был. Офицер КГБ не может быть демократом, как иудей не сможет никогда стать христианином. Он ведь уже обрезан и может сделаться только мусульманином. Так и офицеры КГБ. Им дают такое воспитание и образование, что демократами они не могут быть по определению. Некоторые пытаются, но это обычные предатели. Вот почему я сразу понял, что пришел серьезный человек и надолго. Как он сразу наших олигархов прижал! Почти все сбежали, некоторых посадил. А ведь долго терпел многих из своего окружения, не трогал, выжидал. Почти как Сталин. Ждал, когда начнет их убирать по одному. И всех убрал, всех расчистил. Только время сейчас другое. Расстреливать уже нельзя, он их либо за рубеж, либо в неизвестность отправлял.

— У вас целая теория.

— Какая теория. Это практика. Мы семь лет катались как сыр в масле. Думали, всегда так будет. Такие деньги на ветер выбрасывали, уже планировали на двадцать лет вперед. Шальные деньги, шальные мысли. Все правильно. А потом праздник закончился и наступило похмелье.

Мила внесла поднос с двумя чашечками кофе, конфетницей, сахарницей, даже принесла холодное молоко.

— Так быстро нашла кофе? — не удержался Вахтанг Михайлович.

— Это я в бухгалтерии одолжила, — пояснила обиженная Мила. Она повернулась и вышла.

— Я ее выгоню, — снова пообещал Чагунава. — Так какое у вас дело ко мне?

— Я уже сказал. Родственники Сутеева попросили меня расследовать его убийство.

— Ужасное преступление, — поморщился Чагунава, — даже не знаю, что вам сказать. Какой-нибудь отморозок стрелял. Сейчас их много. Если бы Николай поехал к себе домой, ничего бы не случилось. Там у них дом хороший, с охраной и видеокамерой. А здесь был обычный дом с незапирающейся дверью в подъезде и плохо работающим лифтом. Не знаю, зачем он туда поехал. В свой старый дом. Наверно, какой-нибудь грабитель стрелял. Жалко Николая, такой человек был. Золотой. Хотя часто болел в последнее время.

— Вы знали, чем он болел?

— Он говорил, что у него сахар повышенный. У меня тоже диабет. Сейчас у всех сахара много, время такое. Везде стрессы.

— И больше ничего не говорил?

— Нет. Он человек был серьезный, не стал бы о себе много рассказывать. Занимался нашей компанией с утра и до вечера. Как он переживал, когда узнал, что банки на нас в суд подали! Вы, наверно, эту историю уже знаете. «Альфа-банк» и банк КТБ подали на нас в суд. У нас долгов на пять миллионов долларов. Конечно, мы нашли адвоката и будем сражаться в этом арбитражном суде. Но эти банкиры очень неприлично себя ведут. Непонятно, почему они так на нас давят. У нас уже никаких активов не осталось, все распродали, даже наши машины служебные. Только личные и остались. А они хотят сразу пять миллионов получить. У нас сейчас только это помещение осталось, да и его мы арендуем. Что отсюда возьмешь? А наш недостроенный завод вообще ничего не стоит. Никто даже даром не захочет сегодня брать наш участок. Но мы его и за деньги не продадим. Это наше будущее. Но вообще обидно. Еще год, и мы бы наш завод закончили и начали бы выпуск продукции. Кризис рано или поздно закончится, а завод мы так и не построили. Но ведь люди все равно будут дома строить, особенно в Москве.

— Давайте вернемся к Сутееву. Вы давно его знали?

— Больше двадцати лет. Познакомились, еще когда инженерами были. Он толковым инженером был. Поэтому я его пригласил и решил сделать своим компаньоном.

— Вы считаете, что это случайное убийство?

— Конечно, случайное. Какой-нибудь грабитель. Сейчас после кризиса столько разных людей в Москву приехало. Среди них много бандитов. Особенно среди таджиков, кавказцев, китайцев, вьетнамцев. Ох, простите. Вы тоже с Кавказа?

— А вы нет? — улыбнулся Дронго.

— Мои предки оттуда приехали. Из Цхалтубо. Еще в прошлом веке. Конечно, мы все оттуда. Только я не нас имею в виду, а других...

— А потом мы удивляемся, что появляются скинхеды, если вы, грузин, так пренебрежительно говорите о своих соотечественниках.

— Я не о них говорю, — нахмурился Вахтанг Михайлович, — я про бандитов говорю, которые сюда тысячами приезжают, нас позорят, машины воруют, квартиры грабят, на людей нападают. Я про этих бандитов говорю. Нужно отделять, где порядочные люди, а где бандиты. Вы знаете, сколько грузин работают врачами, жизни людям спасают? А сколько азербайджанцев или армян? Посчитать невозможно. Почти в любой больнице есть несколько врачей из кавказцев. Разве они бандиты? Они людей спасают, помогают всем нам жить.

– Вы полагаете, что это был случайный грабитель?

– Конечно. А кто еще?

– В кармане убитого нашли две тысячи евро. Их не тронули. Согласитесь, странный грабитель, который не взял даже такие деньги.

– Я этого не знал, – нахмурился Чагунава, – действительно необычный грабитель. Может, его просто спугнули, и он не успел взять деньги? Испугался и сбежал.

– Может быть. А кто еще мог быть заинтересован в смерти вашего заместителя?

– У нас никто. Мы все его очень любили. Он замечательный человек был. Есть такое выражение – «душа компании». Вот он и был душой нашего коллектива. Такой человек, просто думать больно. И Лариса, его жена, осталась одна.

– У них, кажется, были неприятности?

– Это слухи. Нарочно распускают слухи.

Они прекрасно жили. Идеальная пара была. Он так радовался, когда у него родилась дочь.

— А почему тогда он поехал на свою старую квартиру?

— Наверно, забрать какие-нибудь вещи, — рассудительно ответил Вахтанг Михайлович, — я этого не знаю. Меня не было в городе, когда его убили. Я был в Санкт-Петербурге. Приехал на следующий день, хорошо, что успел с ним проститься.

— У вас был большой коллектив?

— Раньше да. Почти полторы тысячи человек. А сейчас человек сто пятьдесят осталось, вместе с уборщицами и секретарями. Даже охрану сократили. Здесь уже ничего не осталось, чтобы охранять. Скоро еще человек восемьдесят сократим. Раньше у нас четыре этажа было в этом здании, а сейчас остался только один.

— Насчет долгов все правда? Суд может наложить арест на ваше имущество?

— Может. Только имущества никакого не осталось. Он очень переживал из-за этого, сильно волновался. Но у нас адвокаты хорошие, посмотрим, какое решение вынесет суд.

— Я могу побеседовать с оставшимися сотрудниками?

— Конечно, можете. С кем угодно. Здесь его

все любили и уважали. Он был настоящий трудоголик. Есть такие люди, которые отдают всего себя работе. Он так мечтал, чтобы наша компания еще больше росла, строил такие планы грандиозные. И мы все потеряли. За несколько месяцев. Даже не знаешь, кого ругать — Буша-младшего или кого-то другого. Не знаю.

— Ясно. У меня еще три последних вопроса. Вы сказали, что он вложил триста тысяч рублей, а вы — семьсот. Соответственно доля управления компанией тоже распределялась подобным образом. И доля ответственности?

— Нет, — недовольно ответил Чагунава, — мы уже давно решили, что мы компаньоны. Он столько работал, что я подумал, так будет правильно. Уже два года мы получали равную прибыль, считаясь почти равными акционерами. У меня пятьдесят процентов плюс один голос. У него было сорок девять и девять сотых. Мы ведь никому наши акции не продавали, держали до лучших времен. А сейчас они вообще ничего не стоят, одна бумага. Ничего, мы еще вылезем назло всему миру.

— Акции не стоят, но солидарная ответственность обойдется вам в два с половиной миллиона каждому, — напомнил Дронго, — это правильно?

— Конечно, неправильно. Но так будет, если мы проиграем дело в суде. Надеюсь, что нам дадут отсрочку. Хотя бы на один год. Многим компаниям помогают, деньги дают, кредиты рефинансируют, откладывают выплату. Но только не нам. У нас завод на голом месте строился. Он был не градообразующим, как сейчас говорят. Значит, на нас можно махнуть рукой. На всех людей, которые у нас работали. Мы два раза обращались за кредитами, и нам оба раза отказывали. Формально банки правы. Мы обязаны вернуть прежний кредит. А как его вернуть, если мы всех уволили, строительство завода заморозили, всякую деятельность свернули. Откуда деньги брать? Из воздуха? На перепродаже? Ищи дураков. Сейчас на этом уже деньги не сделаешь.

— Понятно. Спасибо за то, что уделили мне время.

— Вы не выпили свой кофе. Он уже наверняка остыл.

— Ничего, — улыбнулся Дронго, поднимаясь со стула, — я не очень люблю кофе. Извините, что я вас побеспокоил.

— А третий вопрос? — напомнил Чагунава, вставая вслед за гостем. — Вы сказали, что у вас три вопроса. Но задали только два.

— Третий вопрос... — обернулся к нему Дронго. — На третий вопрос я почти получил ответ. Но если хотите, я задам и его. Третий вопрос у меня будет немного необычный. Судя по тому, что мне удалось узнать, все состояние погибшего не стоит двух с половиной миллионов долларов. А платить ваша компания не в состоянии. Что будет, если ваши адвокаты проиграют процесс? Каким образом сможет оплатить долги банкам семья погибшего Сутеева?

— Не проиграют, — не очень уверенно возразил Вахтанг Михайлович, — они же не будут отнимать у вдовы последнее.

— Понятно. Я примерно такого ответа и ждал. До свидания.

Он пожал руку хозяину кабинета и вышел в приемную.

«Кажется, Вахтанг Михайлович до сих пор недооценивает степень опасности, — подумал Дронго, — или надеется на какое-то чудо».

Глава 5

В приемной Мила насмешливо посмотрела на него.

— Так быстро закончили?

— Как видите, — улыбнулся он. — Вы не подскажете, с кем мне лучше побеседовать о финансовых проблемах вашей компании?

— С главным бухгалтером, конечно. Или с начальником нашего планового отдела. Его все равно увольняют, может, он вам напоследок что-нибудь приятное и расскажет.

— Где они сидят?

— В конце коридора. Как раз напротив друг друга. Антонина Алексеевна Подрез, это наш главный бухгалтер, и Яков Андреевич Димчевский, начальник планового отдела. Можете с ними переговорить. Они сейчас как раз в своих кабинетах.

— Спасибо. Вы просто неоценимый секретарь.

— Судя по моей зарплате, этого не скажешь. Здесь меня явно не ценят. Даже уходить некуда. Везде кризис, — пожаловалась она.

— Кризис скоро закончится, — произнес Дронго, — это я вам как налоговый инспектор обещаю.

Он прошел по коридору. Остановился у таблички с фамилией «Димчевский» и постучал.

— Войдите, — услышал он мужской голос.

В кабинете сидел мужчина лет сорока пяти. У него был идеально выбритый лысый череп, небольшие щегольские седоватые усики, крупный нос, карие глаза. Он был одет в темно-синюю рубашку без галстука. Увидев гостя, он вяло кивнул, разрешая тому войти. Потом лениво поднялся со своего места, протягивая руку.

— Яков Андреевич Димчевский. С кем имею честь?

— Меня обычно называют Дронго. Меня прислала Мила из приемной вашего шефа. Я только сейчас закончил с ним разговаривать.

— Понятно. По какому вопросу? Вы представитель наших кредиторов? Пришли снова выбивать деньги?

— Нет, нет. Я занимаюсь расследованием убийства совладельца вашей компании Николая Сутеева. Я частный эксперт.

— Тогда понятно. Я так и подумал, что вы либо из правоохранительных органов, либо имеете к ним отношение. Только я сразу решил, что вы приехали выбивать из нас деньги.

— Такие попытки уже были?

— Дважды. В первый раз явились адвокаты, которые любезно наобещали нам всем кучу неприятностей. И сразу ушли. А во второй раз приехали качки из банка КТБ. Они сразу начали на нас давить, пояснили, какие именно проблемы у нас могут быть. Угрожали, не открыто, конечно, но достаточно убедительно.

— Странно. Чагунава мне ничего не рассказал.

– И не расскажет. Он же грузин, княжеский род. Скорее умрет, чем расскажет обо всех проблемах. Но мы уже объективно ничего не могли сделать. И так все продали. Все, что могли. Эти вымогатели ушли несолоно хлебавши. Хотя пообещали вернуться. Но я думаю, что они договорились с другим банком и теперь подают на нас в суд.

– Требуют всей суммы?

– Конечно. И еще набежавшие проценты. И еще суд может судебные издержки тоже возложить на нас. Вот и считайте, какую сумму мы задолжали. Придется платить, если проиграем наш судебный процесс. Адвокаты успокаивают Вахтанга Михайловича и тянут с него деньги. А я понимаю, что мы все равно проиграем. Никаких убедительных аргументов нет, чтобы реструктурировать наши долги. Деньги не появятся ни через год, ни через два, если кто-то снова не захочет одолжить нам десять миллионов.

– Почему десять? Насколько я понял, речь идет о пяти миллионах долларов?

– Это долги. А ведь нам нужно закончить наш завод. Чтобы его построить, нужно как раз еще дополнительно пять миллионов. И это впритык. И без гарантий, что наша продукция будет нужна городу через год. Кризис может продлиться гораздо больше. И два года, и три.

– Вы пессимист.

– Имею право. Все равно с первого числа я отсюда ухожу. Зачем нужен плановый отдел компании, в которой остаются работать несколько десятков человек. Да и те на очень небольшое время. Мы разорены, и это правда, которой нужно смотреть в глаза.

– Уже нашли новую работу?

– Не нашел. И боюсь, что еще долго ничего не найду. Время плохое. А мне уже под пятьдесят. Сейчас нужны молодые ребята с дипломами лучших английских вузов. В моем возрасте и с моим послужным списком из разорившейся компании меня никто не возьмет на работу. Нужно идти в дворники, если возьмут.

– Не нужно так мрачно. Вы хорошо знали Сутеева?

– Конечно, знал. Почти двадцать лет. Прекрасный был человек. Умница, очень талантливый, работоспособный, он буквально генерировал идеи. В другой компании он стал бы миллионером, но ему хотелось быть самому владельцем своей компании. А владельцы они с Чагунавой были не очень хорошие. Слишком добрые, слишком либеральные, слишком мягкие. На работе так нельзя. У нас в компании было человек десять, которых нужно было гнать поганой метлой. Ничего не делали и не умели делать. Но у кого-то была семья, кто-то был школьным другом Чагунавы или Сутеева, за кого-то просили родственники. Вот они и сидели на «хлебных должностях» в частной компании. А такого прощать нельзя. Ведь получается, что ты просто выбрасываешь деньги на ветер. Пока мы развивались, это были не такие большие деньги. Как только начался кризис, выяснилось, что мы переплачивали гигантские суммы. Вот тогда пришлось всех увольнять.

— У них появилось много врагов?

— Да нет. Какие враги. Все понимают, что их увольняют не от хорошей жизни. В «тучные годы» все сидели на своих местах и получали хорошую зарплату. Никто не виноват, что начался такой кризис. Не нужно было брать на работу столько ненужных людей. Особенно Николай Евгеньевич. Он даже взял два года назад семнадцатилетнюю дочь своего университетского товарища — Маргариту Кярвалис. Можете себе представить? Девочка провалилась на экзаменах во ВГИК, и он взял ее к нам на работу. Она ничего не умела делать, только сидела и хлопала глазами. Даже как курьера ее нельзя было использовать, ведь она совсем не знала Москвы. Что сейчас вспоминать. Сутеев был очень хорошим человеком, и мерзавец, который его убил, будет гореть в аду.

— Никто из ваших не мог отомстить таким образом Сутееву?

— Ни в коем случае. У нас работали люди нормальные. И все уволенные прекрасно понимают, что Сутеев не виноват. Хотя был у нас тут один «деятель». Он работал прорабом на стройке. Петр Данилович Гевелич. Из Витебска. Обычно белорусы такой спокойный народ, у меня ведь отец белорус, а мать украинка, поэтому имею право так говорить. Только этот Гевелич такой шебутной был, вечно требовал справедливости, как он ее понимал. Приезжал даже к нам. Немного не в себе был человек, мне всегда так казалось. Какой-то без тормозов, взрывной, агрессивный. Потом узнал, что у него семья погибла в автомобильной катастрофе. Жена и две дочери. Еще семь лет назад. Вот с тех пор он такой нервный и ходил. А Сутеев, наоборот, его даже опекал. Помогал ему всячески. Сына маленького, который остался у Гевелича, он даже помог в детский сад устроить, с лекарствами помогал.

— Вряд ли такой человек придет убивать Сутеева, — сказал Дронго.

— Я об этом и говорю. Даже очень недовольные люди были на стороне Николая Евгеньевича. Вы убийц здесь не ищите. Все равно никого не найдете. Пусть лучше милиция район хорошо прошерстит и там поищет среди наркоманов, которые на дозу себе деньги ищут. Вот тогда, может, убийцу и найдут.

— Вы знали, что Сутеев был тяжело болен?

— Почему тяжело? Диабет у него был. Сейчас у многих диабет, некоторые даже на инсулине сидят, как мой тесть.

— Больше ничего?

— По-моему, нет. А если и было, он бы не стал нам рассказывать. Своими проблемами не стал бы нас грузить.

— Вы бывали у него дома?

— Нет, не бывал. А почему вы спрашиваете?

— Вы сказали, что знаете его двадцать лет.

— Знаю. Но не сказал, что мы были близкими друзьями. У нас просто были хорошие отношения. И мы вместе работали.

— Какие отношения у него были с женой, вы не знаете?

— Говорят, что нормальные. Это ведь вторая его жена была. С первой разошлись, еще когда совсем молодыми были.

— Вы не слышали об их ссорах?

— Нет, не слышал. И не стал бы слушать. Мы занимались конкретным делом, а сплетни на работе о личной жизни наших руководителей я бы слушать не стал. Хотя все время говорил Сутееву, чтобы он удалил из своей приемной эту девочку, которую он принял на работу. Я имею в виду Маргариту Кярвалис.

— Чем она ему мешала?

— Она ему ничем не мешала. И, я думаю, даже нравилась. И вообще она всем очень нравилась. Красивая, высокая, зеленоглазая. Но вы знаете, на каждый роток не накинешь платок. Я лично не сомневался, что у Сутеева с ней ничего не было. Он был очень сдержанным и приличным человеком. К тому же очень любил свою супругу. Но когда у вас в приемной вместе с секретарем сидит еще и такая красавица, невольно по компании поползли слухи. Выяснилось, что он платит за ее квартиру, которую она снимала рядом с нами, на соседней улице. Этого было достаточно, чтобы вызвать пересуды по всей компании. Я ему об этом несколько раз говорил, но он улыбался. А потом она поступила учиться и ушла от нас.

— Куда ушла?

— Кажется, живет в общежитии. Вы лучше

узнайте про нее у Милы или у Аллы, бывшего секретаря Николая Евгеньевича.

– Так и сделаю. Как вы думаете, что будет, если суд вынесет решение не в пользу вашей компании?

– Плохо будет, – убежденно сказал Димчевский, – очень плохо будет. Тогда начнут взыскивать деньги с наших владельцев компании. С Вахтанга Михайловича и Николая Евгеньевича.

– Но его нет в живых, – возразил Дронго.

– Это их не остановит, – поморщился Димчевский, – закон есть закон. У Сутеева осталась недвижимость – квартиры, дача, машины, наверно, были счета в банках. Значит, можно попытаться вернуть деньги. Есть наследники, к которым отходит половина акций нашей компании. Я имею в виду его жену и дочь. Значит, формально по всем искам будут платить они. Ведь они становятся владельцами компании наравне с Вахтангом Михайловичем. Только ему есть чем платить, он еще владеет акциями Аэрофлота и какой-то строительной компании. Два с половиной миллиона найдет, если ужмется. А вот у Сутеевых отнимут последнее. У нас так оформлены документы. Солидарная ответственность совладельцев компании. А совладельцев было двое — Чагунава и Сутеев. Значит, за все они и должны отвечать.

— Но, судя по доходам вашей компании, в прежние годы они должны были сделать некоторый запас на случай возникновения подобной ситуации.

— Кто мог даже подумать о такой ситуации? Когда баррель нефти взлетел до ста пятидесяти долларов. Вы помните, что творилось у нас в Москве? Какие цены были в ресторанах, в магазинах! Как наши люди с ума сходили! А квадратный метр сколько стоил в Москве? Наша столица была самой дорогой в мире, опережая Лондон и Токио. Вот поэтому никто не делал запасов на «черный день». Нам всем казалось, что «черные» дни уже закончились. Теперь будут только «белые» дни.

— Ясно. Спасибо за беседу, Яков Андреевич. Извините, что отнял у вас время.

— Пожалуйста. Мне было даже интересно. Если смогу помочь, можете звонить в любое время. Я теперь в свои сорок семь буду вынужденным пенсионером. Сидеть на лавочке и давать советы, если кто-то захочет их выслушать. Смешно?

— Не очень, — мрачно ответил Дронго на прощание.

В кабинете напротив располагалась главный бухгалтер компании. Дронго взглянул на часы и постучал.

— Войдите, — услышал он женский голос.

В кабинете главного бухгалтера находились еще две женщины. Они с удивлением и любопытством посмотрели на гостя.

— Вы ко мне? — спросила Антонина Алексеевна.

Ей было около сорока. Успевшая располнеть, она выглядела значительно старше своих лет. Светлые волосы, выкрашенные почти в рыжий цвет, пухлые губы, зеленые глаза. Наверно, в молодости она была красивой, подумал Дронго. Сейчас перед ним была типичный главный бухгалтер, занятая цифрами и отчетностями.

— Извините, что я вас беспокою. Вы Антонина Алексеевна Подрез?

— Да, я Подрез. Что вам нужно?

— Побеседовать с вами, если возможно.

— Откуда вы пришли?

— Из приемной. Я говорил с Вахтангом Михайловичем, и меня направила к вам Мила.

— Странно, что она мне ничего не сказала, — Антонина Алексеевна подняла трубку внутреннего телефона. Услышав голос секретаря шефа компании, она нетерпеливо спросила: — Это ты послала ко мне человека?

— Да, — ответила Мила, — он встречался с нашим Вахтангом. Кажется, он из налоговой инспекции.

— Только этого нам и не хватало, — в сердцах пробормотала главный бухгалтер. Затем положила трубку, посмотрела на стоявших рядом с ее столом двух женщин.

— Потом, девочки, зайдете потом. Мне нужно переговорить с нашим гостем. Идите и работайте, я вас позову.

Обе женщины молча вышли из кабинета. Очевидно, они работали в бухгалтерии.

— Можете сесть ближе, — показала на стул, стоявший рядом с ее столом, Антонина Алексеевна.

Он пересел поближе.

— Я вас слушаю, — высоким фальцетом произнесла Подрез, надевая очки. В них она становилась еще старше. — Что вас конкретно интересует? У нас никогда не было претензий со стороны вашего ведомства. Все налоги мы платим вовремя и согласно утвержденным нормам. Никаких нарушений за годы моей работы выявлено не было. А я работаю в компании «Ростан» уже много лет.

— Вам сказали, что я из налоговой инспекции, — понял Дронго, — но это не совсем так. На самом деле я эксперт, занимающийся расследованием убийства Николая Евгеньевича Сутеева.

Главный бухгалтер сняла очки. Положила их на стол рядом с собой. Тяжело вздохнула.

— Меня уже вызывали в прокуратуру, — сообщила она.

— Следователь Талганов?

— Да. Он задал мне целую кучу вопросов. Помоему, они считают, что здесь орудовала банда и главой этой банды был Сутеев. Он все время спрашивал, какие финансовые нарушения меня заставлял делать Сутеев. И очень удивлялся, когда я ему честно отвечала, что Николай Евгеньевич, напротив, всегда требовал поступать исключительно по закону.

— Для следователей прокуратуры любая частная компания источник возможных нарушений законодательства, — улыбнулся Дронго.

— Я это сразу поняла, — кивнула Антонина Алексеевна, — и сказала, что убитый был очень приличным и порядочным человеком. А прокуратура напрасно ищет на него компромат. Это даже некрасиво.

— Вы не совсем поняли. Они ищут не компромат на погибшего. Они ищут любую зацепку, чтобы проверить все возможные версии. Если у вас в компании были нарушения, приписки, сокрытие отчетности, уклонение от налогов, то, возможно, Сутеев действовал не один. В момент, когда ваша компания почти разорена и кредиторы требуют возврата долгов, кто-то в вашей фирме решил, что будет лучше, если Сутеев умолкнет навсегда. Поэтому следователя так волнуют все возможные нарушения в вашей компании. Ведь через них можно выйти на вероятного преступника. Или его заказчика.

— Что вы такое говорите? У нас мафии никогда не было. Все точно и по закону. Я даже представить не могу, чтобы покойный просил бы меня что-то подделать или дать фальшивые документы. Даже представить себе такого не могу.

— Вот и хорошо. Извините, я не назвал себя. Меня обычно называют Дронго.

— Вы частный эксперт?

— Да. Можно сказать так.

— В таком случае кто попросил вас начать расследование? Чьи интересы вы представляете? — уточнила она.

— Двоюродный брат Николая Евгеньевича —

Дмитрий Романович Сутеев. Можно сказать, что представляю интересы семьи Сутеевых.

— Очень хорошо. Господин Дронго, я должна вам сказать, что у нас была очень приличная компания. Если бы не кризис, мы бы развивались и дальше. Никаких нарушений у нас найти невозможно. Недавно был аудит, они подтвердили, что у нас все документы в порядке. Были только небольшие нарушения, которые мы обязаны исправить.

— Я в этом не сомневаюсь. Но меня не столько интересует деятельность вашей компании, сколько убийство Николая Сутеева. Как вы думаете, кому это могло быть выгодно в вашей компании?

— Никому. Вахтанг Михайлович без него как без правой руки. Даже не представляю, что он будет делать. И мы все словно осиротели. Но вы знаете, Николай Евгеньевич в последние месяцы часто болел, ездил в больницы. Я его понимала, он так переживал. Но у него в кабинете всегда был такой творческий беспорядок. Бумаги лежали на столе, разные папки, отчетности. А когда его убили, мы вошли в кабинет. Комиссию составили, в которую и меня включили, вот тогда и пошли мы в его кабинет. Я просто ахнула. Все было в идеальном порядке. Все документы и бумаги он рассортировал, как будто предчувствовал свою смерть. Говорят, что люди могут такое чувствовать. А вы как считаете?

— Не знаю. У меня может быть другая версия. Он был тяжело болен и решил привести все свои документы в порядок. Чтобы не оставлять нерешенных дел своему преемнику. Такой вариант возможен?

— Конечно. Но это если бы он умирал. А у него был обычный диабет. С этой болезнью можно жить еще двадцать пять лет. Сейчас такие лекарства придумали...

— Но кабинет выглядел так, словно он предчувствовал свой уход?

— Да, я бы так и сказала. Он словно предчувствовал.

— У него оставалось много денег? Я имею в виду на личных счетах?

— Не знаю. Его личные счета были для меня закрыты. Я только переводила ему зарплату на счет.

— Большую зарплату?

— Раньше большую. А последний год только сивмолическую. Они сделали себе зарплату с Вахтангом Михайловичем в десять тысяч рублей, примерно в триста или триста пятьдесят долларов, чтобы платить оттуда налоги и разные отчисления. И такую зарплату получали уже девять месяцев. Все понимали, что они владельцы компании, но такой жест всех очень тронул. Они ведь начали с собственного сокращения заработной платы.

– В одной американской автомобильной компании новый менеджер начал с того, что отказался от своей миллионной зарплаты и разрешил платить ему один доллар в месяц, пока он не выведет компанию из кризиса, – рассказал Дронго, – так что такое уже случалось.

– Я даже не знала, – оживилась Антонина Алексеевна, – какой молодец. И вывел потом их из кризиса?

– Еще как вывел. Но это было давно.

– Все равно молодец. Вот и наши поступили примерно так же. Хотя Сутееву было тяжелее. У него дочь растет, жена не работала. Да и денег лишних у него было гораздо меньше, чем у Вахтанга Михайловича. Но оба пошли на этот шаг, понимая, как важно подать пример остальным сотрудникам компании.

– Хороший пример, – кивнул Дронго, – но мне говорили, что как раз оба ваших совладельца и руководителя компании вели себя не очень разумно в прежние времена. Принимали кого попало, иногда явный «балласт», лишь бы помочь своим знакомым. Такое было?

– Это вам наверняка Яков Андреевич рассказал, – засмеялась Антонина Алексеевна. – Конечно, иногда такое случалось. Он все время требовал, чтобы мы провели действенное сокращение. Но Николай Евгеньевич не соглашался. Так они и спорили на всех совещаниях. А теперь Сутеева больше нет, и самого Димчевского тоже увольняют.

– Я слышал, что уволят еще много человек?

– Боюсь, что очень много. Мы сделали примерный план. Останутся человек семьдесят, не больше, – призналась главный бухгалтер, – а ведь в начале прошлого года у нас было тысяча четыреста тридцать сотрудников. Можете себе представить? И мы начали даже сооружение завода металлоконструкций на взятые в кредит деньги. Думали, что все быстро построим. А тут начался кризис.

– Какие отношения были в семье Сутеевых?

– Нормальные. Я у них дома не была, ничего не могу сказать.

– Вы его жену знали?

– Видела несколько раз. Красивая женщина. Но, повторяю, ничего не могу сказать. Если вы хотите узнать про его личную жизнь, то лучше поговорите с Аллочкой. Она была его личным секретарем.

– Личным, – улыбнулся Дронго. – Был и не личный тоже?

– У нас работала Маргарита Кярвалис, – пояснила Подрез, – целый год в его приемной сидела как помощник. Хотя на самом деле почти ничего не делала. Только деньги получала и стаж в свою трудовую, чтобы поступить на следующий год в институт.

– Поступила?

– Да. Она была дочерью друга Николая Евгеньевича, и он взял ее к себе на работу.

– Куда поступила?

– Кажется, в Щукинское училище. Да, именно туда.

– Понятно. А где сидит Алла?

– Уже не сидит. Еще до того как убили Николая Евгеньевича, она взяла отпуск с последующим увольнением. Месяца за два до убийства. Он работал в последние недели вообще без секретаря. Сейчас наверняка она сидит дома. Вы знаете, их просто посадили на голову.

– Кого именно?

– Милу и Аллу. Им платили по три тысячи долларов, и они чувствовали себя здесь незаменимыми. Разве можно платить такие деньги секретарям? Все об этом шептались. Но Вахтанг Михайлович считал, что секретарь определяет лицо компании. Она должна быть хорошо одета, у нее должен быть лучший парфюм и так далее. Все остальные женщины, конечно, завидовали. А когда им сократили зарплату, Мила начала устраивать скандалы, а Алла просто уволилась. Я считаю, что обе поступили некрасиво, хотя об Алле я была лучшего мнения.

— У вас есть ее телефон или адрес?

— Конечно, есть. Сейчас я вам все выпишу.

— Говорят, что Маргарита была очень красивой девушкой и вызывала различные слухи в вашей компании?

— Ах, Яков Андреевич, — снова сказала Подрез, — он никак не может успокоиться. И только потому, что она ему нравилась. Она всем здесь нравилась. Всем нашим мужчинам от двадцати и выше.

— Значит, действительно была симпатичной девушкой.

— Была, — вздохнула Подрез. — Как вы думаете, следователь сумеет найти этого убийцу?

— При желании можно раскрыть любое преступление, — сказал Дронго.

— Его уже, наверно, нет в живых, — шепотом сообщила Антонина Алексеевна.

— Про кого вы говорите? — тоже понизил голос Дронго.

— Про убийцу.

— Почему?

— Я знаю, кто его послал, — сказала главный бухгалтер, — и убийцу, наверно, давно убрали. Они послали его специально, чтобы убить Николая Евгеньевича и напугать Вахтанга Михайловича.

— Становится очень интересно, — произнес Дронго уже обычным голосом, — с этого места давайте подробнее.

Глава 6

Главный бухгалтер, испуганно посмотрев на дверь, покачала головой.

— Только учтите, я вам ничего не говорила. Я даже в прокуратуре не стала ничего говорить. Не верю я им, ничего они не найдут. А вам верю, ведь вы пришли сюда от Сутеевых. Его, конечно, «заказали», как сейчас говорят. Они прислали убийцу, чтобы напугать нас всех и заставить заплатить.

— Кто это «они»?

— Банк КТБ, — сразу сообщила Антонина Алексеевна. — Дело в том, что мы должны «Альфа-банку» где-то около миллиона с хвостиком, а остальные деньги брали в КТБ, хотя еще тогда я была против. У них всегда была репутация не очень надежных партнеров. Но нам нужны были деньги под небольшие проценты, и мы решили рискнуть. После кризиса мы с трудом выплачивали проценты, пока не пришло время погашать основной долг. И вот здесь они себя показали в полной мере. «Альфа-банк» прислал нам адвокатов, а банк КТБ настоящих бандитов из своей службы безопасности. И еще стали угрожать нам, чтобы мы сразу заплатили.

— Вы были на этой беседе?

— Меня потом пригласили. Там сначала сидели Вахтанг Михайлович и Николай Евгеньевич. А потом и нас позвали с Димчевским. Я сразу поняла, что разговор у них был очень напряженный. Интересовались, какие активы мы можем им предложить. Когда я сказала, что в наш недостроенный завод вложено уже семь с половиной миллионов и земля там стоит больше полутора миллионов, они так неприятно засмеялись, и один из них, видимо главный, такой высокий, неприятный мужчина с разноцветными глазами и седыми волосами, посмотрел на меня и коротко сказал, что теперь это место не стоит даже коровьих лепешек, которые там повсюду валяются. Но он выразился еще более энергично. Вы меня понимаете?

— Понимаю. А почему разноцветные глаза?

— Не знаю. Но я так испугалась. Один глаз у него был светлый, а другой темный. Разве так бывает?

— Иногда встречается. Что было потом?

— Потом мы ушли, а они остались договариваться. А через час меня вызвал Сутеев. Он был в очень плохом настроении. Я его таким никогда не видела. Сказал, что они угрожают передать дело в суд и наложить арест на все имущество компании. А имущество к этому времени практически все было заложено и перезаложено. Я так ему и сказала. Конечно, нужно вернуть четыре миллиона долларов банку КТБ, только как их вернуть? Ни у кого в компании таких денег просто нет. Они могут быть только у Вахтанга Михайловича. Я так и сказала Сутееву. Он на меня грустно так посмотрел и спросил: «Почему Вахтанг должен платить за все наши ошибки?» Я тогда даже не знала, что ему ответить.

— Это было давно?

— Месяца три назад. Я думаю, что в банке КТБ прекрасно знали, что у самого Сутеева тоже нет таких денег. И недвижимости, которую они могут арестовать, на такую сумму нет. Значит, нужно было припугнуть Вахтанга Михайловича, чтобы он и заплатил. Поэтому они подослали убийцу к Сутееву, чтобы напугать нашего генерального директора. Только они не знают характер Чагунавы. Он ведь грузин, упрямый и упертый. Его испугать невозможно. Он теперь ждет, когда суд вынесет решение, и вообще не хочет разговаривать с этими кредиторами, которые ему угрожали.

— Почему вы не рассказали об этом в прокуратуре?

— Зачем? Чтобы у меня были неприятности? Их и так достаточно. Нашу компанию скоро закроют. После того как убили Сутеева, нужно найти другого человека, чтобы окончательно сломать Вахтанга Михайловича и заставить его платить. Я боялась, что окажусь следующей. И если даже вы сейчас пойдете в прокуратуру и все расскажете следователю, то я все равно откажусь от своих слов. Зачем мне нужны эти лишние неприятности? Пусть они сами ищут тех, кто убил Сутеева. Я думаю, что убийцу или убийц никогда не найдут. Вспомните, сколько преступлений осталось нераскрытыми.

— Это еще не повод, чтобы не сотрудничать с

правоохранительными органами, – не очень уверенно произнес Дронго.

Она уловила в голосе эту неуверенность собеседника.

– Еще какой повод. Чтобы долго жить и ни с кем не связываться, – произнесла она.

– Но формально кредиторы из банка КТБ правы. Вы взяли деньги в долг и обязаны их вернуть. Не понимаю, почему вы считаете, что суд может быть на вашей стороне. В чем предмет судебного разбирательства?

– В том-то и дело, что не все так просто. Мы взяли деньги на пять лет и исправно платили проценты. А потом «заморозили» строительство завода. Но формально по договору они дали нам деньги на строительство завода. Раз мы остановили строительство, они посчитали это форс-мажорным обстоятельством и потребовали возврата всей суммы с процентами. Но ведь у нас есть еще три с половиной года. Почему мы должны возвращать деньги раньше времени? Не говоря уже о том, что это форс-мажор в нашу пользу. На самом деле все знают правду. У них сейчас тоже большие неприятности, и они просто перекладывают решение своих проблем на своих должников. Но это нечестно – просить деньги раньше времени, ведь у нас есть еще три с половиной года, и мы готовы платить проценты по основной сумме.

— Боюсь, что ваша позиция юридически небезупречна, — мрачно заметил Дронго. — Дело в том, что они легко докажут вашу неправоту. У вас нет денег, чтобы закончить строительство завода, и никто их вам больше не даст. В этих условиях они вправе наложить арест на имущество совладельцев компании. Я думаю даже, что их разговор с вами может быть расценен не как угрожающий, а как предупреждающий. Через три с половиной года у вас тем более не будет таких средств. К тому времени вы наверняка объявите себя банкротами.

— Никогда в жизни, — возразила Антонина Алексеевна, — нужно знать нашего Вахтанга Михайловича. Чтобы он объявил себя банкротом? Чтобы он допустил такое? Он продаст все, что у него есть, но не допустит объявления компании банкротом, это мы все знаем.

— Тогда нужно возвращать деньги с процентами раньше срока, — рассудительно сказал Дронго. — И учтите, что они действительно могут наложить арест в том числе и на имущество Вахтанга Михайловича. Несколько дней назад английский суд наложил арест на имущество известного грузинского олигарха по иску банка.

Может, вы читали в газетах. Один из самых известных людей в Москве — Шалва Чингринский. И для обеспечения возвращения взятой суммы они не просто наложили арест на его дома и квартиры, но даже включили туда несколько пар его личных часов.

— Какой кошмар! Я об этом читала. Просто ужас.

— Это капитализм в лучших его проявлениях, — усмехнулся Дронго. — Давайте договоримся так. Я никому не расскажу о том, что вы мне здесь сказали. И вы тоже старайтесь никому не рассказывать. А сейчас дайте мне номера телефонов Маргариты Кярвалис и секретаря Сутеева Аллы. Как ее фамилия?

— Алла Чокану. Она молдаванка. Вот я вам написала оба номера телефонов и ее адрес. А Маргарита сейчас живет в общежитии. Но адреса я точно не знаю.

— Ничего. Постараюсь найти. Спасибо вам за помощь и, как договорились, молчите о нашем разговоре.

— Обязательно, — кивнула она на прощание.

Он вышел из ее кабинета. Нужно было начинать с этой Аллы, недовольно подумал Дронго. Ведь абсолютно ясно, что больше всех о Сутееве может знать его секретарь. Как он мог об этом забыть? Образ плачущего человека снова встал перед глазами. Ему трудно представить себе Сутеева, сидевшего в кабинете и отдававшего приказы. Наверное, поэтому он и не начал искать его секретаря, что было бы логичным ходом. Вместо этого он пришел говорить с главой компании и руководителями финансового сектора, что тоже было чрезвычайно важно.

Он уселся в свой автомобиль. Вот уже много лет он не любил водить машину, предпочитая, чтобы его возили водители. В машине почти никогда не играла музыка, она отвлекала его от размышлений. Именно поэтому он и не садился за руль. Когда автомобиль тронулся, он достал телефон, набрал номер Аллы Чокану. Почти сразу ему ответил приятный женский голос:

– Я вас слушаю.

– Простите, что беспокою вас, – начал Дронго, – в данный момент я представляю интересы семьи Сутеевых. Я частный эксперт, ведущий расследование по факту смерти Николая Евгеньевича. И мне нужно с вами срочно встретиться.

На другом конце наступило молчание. Он слышал дыхание женщины, но она молчала.

– Алло, вы меня слышите? – наконец спросил Дронго.

– Слышу, – ответила она. – Кого именно вы представляете? Вы звоните по поручению Ларисы Кирилловны? Если да, то разговора у нас не получится.

– Нет. Меня попросил о помощи двоюродный брат Николая Евгеньевича – Дмитрий Романович, если вы слышали о таком.

– Я его знаю. Он иногда приезжал к Николаю Евгеньевичу. Вы не будете возражать, если я проверю ваши слова и перезвоню ему?

– Нет, не буду. У вас есть его номер телефона?

– Есть. Перезвоните мне минут через пять, – попросила она, отключаясь.

«Уже начинается детектив, – недовольно подумал Дронго, положив телефон рядом с собой, – почему она не хочет мне верить? И почему она не хочет встречаться с посланцами жены своего шефа? Странная женщина, с непонятными капризами».

Он подождал пять минут и затем снова набрал ее номер телефона. И снова она сразу ответила.

– Да, я переговорила с ним. Вы можете ко мне приехать. Вы знаете мой адрес?

– Мне его дали в офисе вашей компании.

– Бывшей компании, – поправила она его. –

Приезжайте, я вас буду ждать. Я живу на одиннадцатом этаже. Наберите номер моей квартиры — сорок семь, и я открою вам дверь.

— Ясно. Спасибо. Я буду у вас через полчаса, — посмотрел он на часы.

Затем набрал другой номер. На этот раз пришлось ждать долго. Он уже собирался отключиться, когда услышал веселый молодой женский голос.

— Кто это говорит?

— Здравствуйте. Это Маргарита Кярвалис?

— Да. А кто со мной говорит? Мне незнаком номер вашего телефона.

— Верно. Я частный эксперт, занимающийся расследованием убийства Николая Евгеньевича Сутеева. И хотел бы с вами встретиться сегодня вечером. Это возможно?

— Что вы говорите, — явно огорчилась она, — сегодня вечером я не смогу. У меня... у нас... у меня... — подожди! — крикнула она кому-то. — Сегодня я не смогу. Извините меня.

— Тогда завтра утром, — предложил Дронго.

— Завтра я буду на занятиях, — немного виновато сообщила Маргарита. — Может, завтра во второй половине дня? Куда вы скажете, я приеду. Иначе у меня просто не получается.

— Сделаем иначе. Я подъеду к четырем часам дня к вашему общежитию. Вы ведь сейчас живете там?

— Да. Так будет удобнее всего. Я вас буду ждать на углу. Какая у вас машина?

— «Вольво».

— Прекрасно, — рассмеялась она, — «машина для аристократов, ценящих свою безопасность», — так говорил один мой знакомый.

— Не знаю насчет безопасности, но запасные части стоят действительно королевских денег, — пошутил Дронго.

— Я буду вас ждать завтра в четыре. Ой, извините, я должна спешить. До свидания, — она отключилась.

«Когда она не поступила, ей было семнадцать, когда поступила, исполнилось восемнадцать. Сейчас, наверное, девятнадцать, — подумал Дронго. — Неудивительно, что у нее нет времени даже на телефонные разговоры. В девятнадцать лет жизнь кажется такой интересной и насыщенной».

Раздался телефонный звонок. Это был Дмитрий Романович.

— Я уже знаю, что вы работаете, — радостно сказал он, — надеюсь, что у вас все нормально.

— Меня вызывали утром в прокуратуру к следователю, — сообщил Дронго.

— Что вы говорите, — испугался Дмитрий Романович, — почему вызывали? Что вы сделали? По делу Николая?

— Конечно. И я подозреваю, что вызывали из-за вашей ненужной откровенности. Вы кому-то рассказали о том, что нашли в карманах своего двоюродного брата мою визитку, и это стало известно следователю прокуратуры.

— Я почти никому не рассказывал, — попытался оправдаться Дмитрий Сутеев.

— Значит, рассказывали, раз «почти», — сделал вывод Дронго, — постарайтесь больше ничего не говорить.

— Ни слова. Мне звонила Аллочка, бывший секретарь Николая. Она говорит, что вы хотите с ней встретиться и переговорить.

— Сейчас как раз еду к ней.

— Очень хорошо. Они очень дружили с Колей. Вы с ней поговорите и все поймете. Она вам подробно расскажет, каким человеком был Николай.

— Не сомневаюсь, что она знает больше других. Можно задать один нескромный вопрос?

— Нескромный вопрос? Мне? Задавайте.

— Судя по голосу, она довольно молодая женщина.

— Ей около тридцати.

— У нее были какие-нибудь отношения с вашим двоюродным братом? Только отвечайте честно. Если не знаете, лучше скажите, что не знаете.

— Не знаю, — сразу ответил Дмитрий, — но думаю, что нет. Николай очень любил Ларису — конечно, до разрыва, до того, как она ушла с дочерью. Я не думаю, что он ей изменял. Он вообще был не таким человеком.

— А Маргарита Кярвалис? Вы слышали про такую?

— Откуда вы про нее знаете? — встревожился Дмитрий. — Она уже давно там не работает.

— Мне сказали, что она дочь близкого друга вашего брата. И она целый год работала в компании «Ростан».

— Она просто там числилась, — сказал Дмитрий, — ничего серьезного. Молодая и глупая дурочка. Сидела в приемной. С ней вы можете не встречаться.

— Давайте я сам буду решать, с кем мне нужно встречаться. Ее отец действительно был близким другом вашего убитого брата?

— Этого я не знаю, — раздраженно ответил Дмитрий, — не помню, чтобы у Николая был такой друг.

— А его дочь вы помните и даже знаете, где

именно она работала. Мне кажется это несколько странным.

— Просто такое имя редкое — Маргарита. И фамилия литовская. Поэтому я помнил. Но вы можете сами решать, что вам делать. Это, конечно, ваше право.

— Понятно. У вас есть ко мне что-нибудь еще?

— Нет, больше ничего. Если я вам понадоблюсь, телефон мобильный у меня всегда включен.

— Я знаю, до свидания.

Дронго убрал телефон. Почему так взволновала Дмитрия весть о возможной встрече Дронго с этой молодой девушкой? Он явно занервничал. Интересно, что она может рассказать? Может, у погибшего были свои тайны. И одной из этих тайн была сидевшая в его приемной восемнадцатилетняя девушка. Нужно будет попытаться выяснить эти подробности у Аллы. Если что-то было, то вторая женщина, сидевшая в приемной, должна была это знать. Или хотя бы почувствовать.

К дому Аллы он подъехал через тридцать пять минут. Вышел из автомобиля, подошел к дверям, набрал цифры ее квартиры. Она снова ответила почти сразу, словно стояла у дверей и ждала его появления.

— Здравствуйте, — сказала она, — можете подниматься. Я сейчас открываю дверь.

Замок автоматически щелкнул. Он вошел в чистый подъезд, прошел к кабине лифта. Поднялся на одиннадцатый этаж. Она ждала его, открыв дверь. Молодая женщина тридцати лет. Волосы собраны в большой узел, ровные, прямые черты лица. Судя по фигуре, она в молодости занималась спортом. Достаточно высокая фигура, хорошая осанка, хотя чувствуется, что с тех пор она сильно поправилась. Алла была в спортивном темно-сером костюме. Она пожала ему руку, приглашая войти в квартиру.

Он прошел в гостиную. На видном месте были кубки и медали, очевидно, завоеванные хозяйкой квартиры.

— Меня обычно называют Дронго, — сообщил гость.

— Очень приятно. — Она показала на стоявшие вокруг стола стулья: — Можете садиться. Сделать вам чай или кофе?

— Нет, ничего, спасибо. Я приехал только поговорить.

— Как хотите, — она уселась напротив него.

Он снова посмотрел на кубки.

— Вы спортсменка?

— Бывшая спортсменка, — улыбнулась Алла, – я была в сборной по спортивной гимнастике, пока не сломала себе лодыжку в семнадцать лет. Пришлось уйти из спорта. Но я успела стать вице-чемпионкой Европы и чемпионкой страны. Вот здесь собраны некоторые мои достижения.

– Вы были перспективной спортсменкой.

– Наверное. Но все кончилось быстро и навсегда. Со сломанной ногой я уже не могла выступать. Врачи запретили мне появляться на соревнованиях.

– Наверное, было обидно.

– Ужасно. Даже не могу выразить словами, как именно. Но меня спасло то, что я сразу влюбилась в своего будущего мужа. Он тоже входил в сборную. Через полтора года у меня уже родился сын. Поэтому я не считаю, что мне так уж сильно не повезло. Иначе у меня не было бы Игоря.

– Сколько сейчас вашему сыну?

– Уже двенадцать, – улыбнулась она, – с мужем мы давно разошлись, а сын меня только радует. Он скоро должен приехать. Он у нас тоже занимается спортом. Только не гимнастикой, а играет в хоккей. Говорят, что будет хорошим нападающим. Если учесть, что оба родителя — мастера спорта международного класса, то так и должно быть.

— Вы давно работали с Сутеевым?

— Нет. Последние четыре года. Три года и десять месяцев. До этого у него была Клавдия Анатольевна. Но она уехала в Воронеж, к своим внукам. Ей было уже под шестьдесят.

— Он взял вас со стороны?

— Нет. Я работала в плановом отделе. Несколько раз относила к нему документы. Он сам уточнил, кто я и чем занимаюсь. К этому времени я уже закончила техникум и работала в плановом. Решила поступать на экономический. Николай Евгеньевич очень одобрял подобные проекты, хотел, чтобы все наши сотрудники повышали свою квалификацию. Компания даже платила за меня деньги. Хорошо, что я закончила свое образование два года назад, когда все было хорошо. Иначе сейчас осталась бы и без денег, и без образования.

— Я могу узнать, сколько вам платили в компании?

— Можете. Почти три тысячи долларов. Зарплата хорошего, квалифицированного секретаря. У нас с Милой, это секретарь Вахтанга Михайловича, была одинаковая зарплата.

– С Милой я уже познакомился. Сейчас у нее зарплата в два раза меньше.

– Верно, – улыбнулась Алла, – поэтому я ушла. Николай Евгеньевич был очень хорошим человеком и не хотел сокращать нам зарплату. А я знала, что положение в компании очень сложное. Когда всем сократили зарплату, он вызвал меня и сообщил, что будет доплачивать мне из личных денег. Я подумала, что так будет неправильно. К тому времени на нашей компании уже висели многомиллионные долги. Поэтому я написала заявление и ушла. К тому же мне уже предложили работу. С первого числа я выхожу на работу в спортивную школу. Буду педагогом по спортивной гимнастике. Там директором работает мой хороший знакомый.

– Поздравляю. Сутеев на вас не обиделся, когда вы принесли ему заявление?

– Нет. Мы с ним об этом говорили. Когда он предложил мне денег, то честно сказал, что компания находится на грани банкротства. Вахтанг Михайлович не допустит банкротства ни при каких обстоятельствах. Николай Евгеньевич сказал, что будет платить мне еще три месяца из своего кармана, а потом я должна искать себе новую работу.

– Он сам предложил вам уволиться? – уточнил несколько удивленный этим обстоятельством Дронго.

— Да. Он, видимо, не очень верил в перспективы «Ростана». Я подумала, что так будет лучше для всех. И сразу подала заявление. Он его быстро подписал, даже ничего не спросив. Только вечером, когда я собирала вещи, он подошел ко мне и так грустно сказал, что все в этом мире рано или поздно заканчивается. Я даже вздрогнула от испуга, таким мрачным голосом он это сказал. А потом подарил мне на прощание картину из своего кабинета. Прислал мне ее утром домой. Я знала, что он очень любил эту картину. Она недорогая, ее рисовал какой-то провинциальный художник из Санкт-Петербурга. Там река и обрыв. Но она ему очень нравилась. И он прислал мне ее в подарок. Я поняла, что это как извинение или как прощание.

— Больше вы с ним не встречались?

— Нет. Больше я его не видела. А потом узнала, что его убили. И проплакала всю ночь. Он был очень хорошим человеком. Порядочным и таким щепетильным. Вахтанг Михайлович другой. Более грубый, черствый, размашистый, если хотите. А Николай Евгеньевич всегда старался понять человека. Старался выслушать каждого, кто к нему приходил. Некоторые этим пользовались.

— Говорят, что у него были проблемы с женой, — вспомнил Дронго.

— Я ее не знала. Они давно развелись.

— Я имею в виду не первую супругу, а вторую. Ларису Кирилловну. Говорят, что у них были большие проблемы.

— Были, — кивнула Алла, — но это были его проблемы, и мы с ним никогда об этом не говорили. Пока он сам мне об этом не рассказал. И поэтому я не хочу даже слышать об этой женщине.

Глава 7

Она произнесла это с каким-то внутренним надрывом. Дронго изумленно взглянул на нее.

— Вы сказали, что не будете со мной разговаривать, если я приеду к вам как представитель его супруги, — напомнил он, — а сейчас вы говорите, что вообще не хотите о ней вспоминать. Я могу узнать, почему?

— Мне неприятно об этом говорить.

— Но я приехал сюда именно для того, чтобы установить истину. Вашего бывшего руководителя, к которому, как я понял, вы относились очень неплохо, убили. И я хочу узнать, кто это мог сделать.

— Если бы я знала, то обязательно бы вам сказала. Но я не знаю, кто стрелял в Николая Евгеньевича. Хотя виновного в этом убийстве я, безусловно, знаю.

— И вы можете назвать его имя?

— Конечно. Это его нынешняя жена, или вдова, я даже не знаю, как говорить правильно. Лариса Кирилловна.

— Вы были с ней близко знакомы?

— Во всяком случае, я видела ее много раз. Она иногда заезжала за Николаем Евгеньевичем, часто с ним разговаривала. Такая сильная женщина с мужским характером. Мне кажется, она его никогда не любила. А он ее просто обожал. Когда она звонила к нам и я их соединяла, он весь светился от радости. Честное слово, он ее так любил...

— Ему было уже под сорок, когда они поженились. Говорят, поздняя любовь бывает самой крепкой. Особенно для мужчины в период опасного кризиса среднего возраста.

— Я не знаю, как это называют, но он относился к ней очень хорошо. А как он радовался, когда у них родилась дочь! Это был его первый ребенок, и ему было уже за сорок.

— Тогда объясните мне, что произошло. Почему они разошлись?

— Она законченная стерва, — убежденно произнесла Алла, — есть такие женщины. Своего рода энергетический вампир. Когда он был при деле, у него были деньги, своя компания, положение в обществе, он был холостой, бездетный, он ей нравился. Когда в компании наступили плохие времена и у нас начались проблемы, он перестал быть ей интересен. К тому же он начал серьезно болеть. Никто об этом не знал. Ни один человек на работе. Но я точно знала, что он ездил проверяться на Каширку. Когда произносишь этот адрес, словно читаешь приговор. У меня бабушка там лежала. Говорят, что есть выздоровевшие. Наверное, есть. Но все равно, как только слышишь про онкологический центр на Каширке, то все сразу понимаешь. Все думали, что у него был обычный диабет, а я понимала, что на Каширку с диабетом не ездят.

— Вы с ним говорили по этому поводу?

— Никогда. Разве я могла с ним говорить о таком? Просто знала, куда он ездит, и молчала. Поэтому не очень удивилась, когда он меня позвал и сказал, чтобы я искала себе новую работу. Он думал, что я не знаю. А я все поняла. Дело было не в финансовых трудностях нашей компании, дело было в нем самом. Он был тяжело болен, и это начинало сказываться на его работе.

— Кроме вас, кто-нибудь догадывался об этом?

— Нет. По-моему, никто.

— А при чем тут его супруга? Почему вы ее так не любите?

— Как иначе я могу к ней относиться? Он ведь был такой деликатный, чуткий, интеллигентный человек. А она бросила его в самый страшный момент. Когда у него начались трудности в нашей компании и когда он так тяжело заболел. Ни одна порядочная женщина такого сделать не сможет. Даже если она его не очень любила, а только позволяла себя любить. В конце концов, у них был общий ребенок, и он столько сделал для нее. Она ведь не работала, сидела дома, когда вышла замуж за Николая Евгеньевича. И так подло поступила!

— У них были скандалы или ссоры?

— Нет. Я этого никогда не слышала. И я бы никогда не узнала об этом, если бы он сам мне не рассказал. Наверное, ему было очень тяжело. Когда я подала заявление и сказала, что ухожу, он пригласил меня к себе. Расспрашивал, куда я пойду и какие у меня отношения с бывшим мужем. Узнал, что тот часто приезжает к нам, занимается Игорем. Это его даже как-то обрадовало. А потом он вдруг отвернулся и как-то тихо, даже неуверенно сообщил мне, что они с женой решили жить отдельно и подать на развод. Вы знаете, я была просто в шоке. В такой момент — и на развод. Я была уверена, что они просто обожают друг друга.

— А почему он вам решил об этом сказать?

— Не знаю. Наверно, хотел с кем-то поделиться. Ему было трудно в этот момент. Он мне и сказал, что Лариса взяла ребенка и уехала с дачи, где они оставались. Переехала в их новую московскую квартиру. А он будет теперь жить в старой квартире. Сказал, чтобы я туда звонила, если мне что-то будет нужно. И еще добавил, что во всем виноват только он один. «Лариса у меня святая женщина», — сказал Николай Евгеньевич. Честное слово, я в этот момент готова была даже заплакать. Она его бросает, а он такие слова про нее говорит. Можете себе представить?

— Вы звонили в его старую квартиру?

— Конечно, нет. У него и без меня проблем хватало. Поэтому я ушла и решила больше его не беспокоить. Но в тот момент я была просто потрясена. Я ведь про его онкологию уже догадывалась. А тут такое предательство со стороны жены. Оно меня просто убило. Я хотела позвонить к ней на мобильный и сказать, какая она гадина. Но не стала этого делать. Потом просто забыла. А когда увидела ее на похоронах, то с трудом себя сдержала, чтобы не вцепиться ей в волосы. Вы бы видели, как она там играла! Изображала такое горе, такую утрату... Только не плакала в голос. Даже почернела якобы от горя. Я думаю, что использовала какую-то специальную косметику. Мы, женщины, бываем такими стервами...

— Вы с ней не разговаривали?

— Нет. И даже на поминки не поехала. Не хотела с ней сидеть за одним столом. Ведь многие не знали того, что знала я. И про болезнь Николая Евгеньевича, и про ее предательство. Почти никто не знал, кроме меня. А я простить не хотела и не могла.

— Может, в их разрыве был виноват сам Сутеев?

— В жизни не поверю. Он был очень спокойный, порядочный и выдержанный человек. И так любил свою дочь. Нет, нет. Это она просто предала его в самый сложный момент. Другого слова просто нет.

— Он ей не изменял?

— Конечно, нет. Для него вообще не существовали другие женщины, кроме Ларисы. Это я могу вам подтвердить.

– Полтора года назад у вас работала Маргарита Кярвалис, которая сидела с вами в приемной почти целый год, а потом поступила в Щукинское училище. Все правильно?

– Да, она в первый год срезалась и не смогла поступить. Ее отец был другом Николая Евгеньевича, и он взял Риту к нам. Тогда мы очень успешно работали, и он просто ввел новый штат и взял ее как своего помощника. Хотя никакой конкретной помощи от нее ждать не приходилось. Она даже Москву толком не знала, и он снял ей однокомнатную квартиру недалеко от нашего офиса. Можете себе представить, он даже платил за нее деньги.

– Она красивая девушка?

– Очень симпатичная. Высокая, стройная, зеленые глаза. И фигура хорошая. Да, она очень красивая девушка. Такие как раз и идут в артистки.

– Ей было восемнадцать, когда она от вас ушла?

– Верно.

– Вы не допускаете такую версию, что супруга Николая Евгеньевича узнала о том, что он снимает квартиру для дочери своего друга? Причем квартиру рядом с офисом. И взял к себе в качестве непонятного «помощника» очень красивую и молодую девушку. Учитывая, что самой Ларисе Кирилловне в тот момент было уже под сорок и у нее сын в возрасте Маргариты, такое поведение мужа могло ее больно ранить. Вы не допускаете такую мысль?

– Нет, не допускаю. Она прекрасно знала про Маргариту. Когда меня не было на месте, отвечала Рита. Нужно было знать Николая Евгеньевича. Представить себе, что у него могут быть хоть какие-то отношения с дочерью его друга, просто немыслимо. Он к ней относился как к дочери. Даже предложил оставаться в этой квартире еще на год, но она сама решила переехать в общежитие.

– Значит, у них были хорошие отношения?

– Очень хорошие. Она даже иногда путалась и называла его дядей Колей, вместо того чтобы называть по имени-отчеству.

– Понятно. А где живет ее отец?

– В Нижнем Новгороде. До сих пор там и живет. Она рассказывала мне историю их семьи. Прадедушка был крупный ученый, кажется, историк в буржуазной Литве, и их семью сослали в Сибирь сразу после войны. А уже там, в Сибири, ее дедушка нашел ее бабушку, она была с Урала. И когда семье прадедушки разрешили вернуться в Литву после пятьдесят шестого, то дедушка с бабушкой решили поселиться в Нижнем Новгороде у родителей бабушки. А ее бабушка была известной актрисой, даже получила звание заслуженной артистки Российской Федерации. Рита пошла в нее. Там же родился и ее папа, который женился уже на украинке. Представляете, какая смесь у этой девочки. Она только на четверть литовка, на четверть русская и наполовину украинка. Может, поэтому такая красивая получилась.

— Она единственная дочь в семье?

— Нет. У нее есть еще две младших сестры. Она показывала мне их фотографии. Все три сестры красавицы. Наверно, повезло их отцу.

— Я хотел с ней сегодня увидеться, но она сказала, что занята.

— Можете себе представить, какое количество поклонников у нее в театральном училище, — усмехнулась Алла. — Даже я в свои тридцать иногда чувствовала себя старой клушей рядом с этой молодой и красивой девочкой. У нее столько энергии. Наверно, торопилась куда-нибудь на свидание или в клуб. Разве можно назначать на вечер деловую встречу девятнадцатилетней девушке?

– Теперь буду знать, – улыбнулся Дронго. – Значит, о разрыве со своей супругой он сам рассказал вам?

– Да. Поэтому я и считаю, что главный виновник всего случившегося именно она. Если бы он жил в своем доме, то ничего бы такого не произошло. А в старом доме его легко нашел убийца. Может, даже этот убийца был случайным грабителем, как сейчас многие говорят, но все равно виновата Лариса Кирилловна. Ей не нужно было бросать его в такой момент и заставлять переезжать в свою старую квартиру.

Она не успела договорить, как в дверь кто-то позвонил. Звонки раздавались один за другим.

– Это мой Игорек пришел, – улыбнулась она, поднимаясь со стула.

Она выбежала в прихожую, открыла дверь. Послышался голос мальчика:

– Почему так долго? Я умираю от голода. Мы сегодня победили...

– Молодцы. Только говори тише, у нас гость. И пройди в свою комнату, у меня уже все готово. Но сначала зайди и поздоровайся.

Игорь вошел в комнату. Он был достаточно крупным мальчиком для своих лет. Широкоплечий, уже начинающий взрослеть, с растрепанными волосами и румянцем на щеках.

— Здравствуйте, — кивнул он гостю.

— Добрый вечер, — поднялся со своего места Дронго. Пожал ему руку.

Игорь повернулся и поспешил в свою комнату. Мать вошла следом за ним, улыбаясь.

— Не буду вас задерживать, — пообещал Дронго, — вам еще нужно его покормить. Уже и так очень поздно. Только несколько вопросов. Как вы считаете, у погибшего были личные враги?

— Нет. Не думаю. Он был не такой человек, кого можно было ненавидеть.

— У вас в офисе часто появлялся его двоюродный брат Дмитрий Романович?

— Не очень часто, но появлялся. Мне кажется, они дружили. Не как братья, а как настоящие друзья. Часто перезванивались.

— А с отцом Маргариты Николай Евгеньевич часто разговаривал?

— Кажется, нет. Но за несколько дней до моего ухода Николай Евгеньевич ездил в Нижний Новгород. Правда, я не знаю, встречался он там с отцом Риты или нет. Он мне не говорил.

— Сотрудники в компании «Ростан» говорят, что банкиры-кредиторы присылали своих людей, которые откровенно угрожали вашим руководителям. Что-нибудь подобное вы помните?

— Нет. При мне такого не было. У нас были большие проблемы, но про угрозы я слышу впервые.

— Ваш главный бухгалтер Антонина Алексеевна вспоминает, что была удивлена, когда после убийства Сутеева вошла в его кабинет. Там всегда царил такой творческий беспорядок, а на этот раз все было убрано и лежало на своих местах. Обычно на столе у него был беспорядок?

— В последнее время да. Проблемы накатывались одна за другой. И все знали, что Вахтанг Михайлович осуществляет, так сказать, общее руководство. А со всеми конкретными делами сотрудники обычно шли к Николаю Евгеньевичу. Он не только разбирался в финансовых вопросах, но и знал работу инженеров. Он ведь был кандидатом наук, успел защититься еще в молодости. Он интересовался новыми компьютерными технологиями, вообще всякими новинками. Требовал, чтобы мы все работали с Интернетом, знали компьютеры. Три года назад они поехали в Турцию вместе с Дмитрием Романовичем и его мальчиками, и там кто-то из них вывихнул себе ногу. А страховку, оказывается, они не оформили. Думали, что едут всего на неделю. Вы же знаете, что в Европу, в Шенгенскую зону, без страховки не пускают, а в Турцию сейчас даже виза не нужна. Можно купить ее на границе. Вот они и забыли про страховку. Тогда все лечение оплатил сам Николай Евгеньевич, а когда вернулся, сразу поручил мне найти адрес самой лучшей страховой компании. И с тех пор, когда уезжал, всегда делал дополнительную страховку. У него был даже специальный договор с Ингосстрахом.

– Правильно. За рубежом это абсолютная необходимость, – согласился Дронго. – У меня к вам последний вопрос. У него с Вахтангом Михайловичем были хорошие отношения?

– Да. Они друг друга ценили. Даже не так. Вахтанг Михайлович очень ценил Николая Евгеньевича, а тот считал Чагунаву настоящим лидером. Сознательно уступал ему пальму первенства, так можно сказать. Хотя в инженерных вопросах Сутеев разбирался гораздо лучше. Но последнее слово всегда было за Вахтангом Михайловичем, хотя все знали, что они оба совладельцы компании на равных.

– Понятно. Спасибо вам за этот рассказ. И бегите на кухню, а то Игорь сейчас меня просто убьет. Я ухожу, – заторопился Дронго, – до свидания.

– Всего хорошего, – она проводила его до дверей. – Я хочу вам сказать, что у Николая Евгеньевича не могло быть никаких врагов. И вообще, я не верю в этого непонятного грабителя, который убил Сутеева и сбежал, ничего не взяв. Если бы это был грабитель, то Николай Евгеньевич сумел бы с ним договориться. Ведь в кармане у него были деньги. Он бы не стал торговаться. Не стал бы умирать ради денег. Не такой он был человек. Он бы отдал все эти деньги бандиту.

— Да. Я тоже так думаю, — кивнул Дронго, выходя на лестничную клетку.

Он спустился вниз, сел в свою машину, попросив водителя отвезти его домой. Нужно было проанализировать все разговоры, которые он сегодня провел. Его уже начало мучить некоторое сомнение, пока не очень ясное, но уже начинавшее оформляться.

— Извините, — неожиданно сказал водитель, — я должен вас предупредить. Кажется, за нами следят.

Глава 8

Дронго не оглянулся. Подобное всегда могло случиться. В любой точке земного шара, в любом месте, в любое время. Он поднял голову.

– Давай по кругу, – предложил он водителю, – проверяй точнее.

Водитель знал, что ему следует делать. Он повернул машину налево. Следовало немного поездить по городу, убедиться, что за ними следят. Дронго набрал номер Вейдеманиса.

– Эдгар, я, кажется, превращаюсь в дикое существо, – сообщил он.

Вейдеманис прекрасно знал, что это означает – в животное с хвостом. То есть появился «хвост» в виде наблюдателей.

– Давно? – уточнил он.

– Недавно. Но все равно неприятно.

– Все ясно. Где вы будете?

– Ездим по кругу.

– Минут через двадцать въезжайте к нашему знакомому. Я вас буду там ждать.

Это означало, что в известном им переулке будет находиться автомобиль Вейдеманиса, который проконтролирует, кто именно проедет мимо него. И уточнит номера автомобилей, которые будут следить за машиной Дронго. Появление подобных наблюдателей всегда неприятно. Это означает, что к тебе проявили конкретный интерес либо спецслужбы, либо недоброжелатели. Со спецслужбами нужно долго и сложно объясняться безо всяких гарантий на успех, а возможные недоброжелатели могут быть оппонентами из мафиозных кланов, с которыми объясняться вообще невозможно. Нужно либо уточнять, что именно им нужно, либо на время исчезать из города, чтобы не подставляться под их криминальный интерес. Но в таком развитии событий есть и свое преимущество. При подобном ускоренном развитии сценария достаточно быстро узнаешь своих возможных оппонентов, которые пытаются противостоять в конкретном разбирательстве.

– Какая машина за нами идет? – уточнил Дронго.

– По-моему, две машины, – ответил водитель, чуть повернув голову, – они меняются друг с другом. «Пятерка» «БМВ» и темный «Мерседес». «Триста пятидесятый», если не путаю.

«Как странно, – подумал Дронго, – с одной стороны, старый пистолет «ТТ», который неизвестно где нашли и применили, а с другой стороны, такие навороченные автомобили». Поверить, что эти люди, наблюдавшие сейчас за ним, могли быть причастны к убийству Сутеева, сложно. Но, с другой стороны, их конкретный интерес именно во время расследования этого дела тоже не может быть случайным совпадением.

— Едем в наш переулок, — напомнил Дронго, — минут через двадцать. Только не торопись, чтобы Эдгар оказался там раньше нас.

Переулок был проходным, и в случае необходимости Эдгар мог просто выехать со двора, перекрывая дорогу и блокируя неизвестных наблюдателей, что давало возможность автомобилю с Дронго благополучно оторваться от преследователей. Но в данном случае подобная задача пока не стояла. Нужно было только уточнить, кто именно за ними следит и почему автомобиль эксперта вызывает такой повышенный интерес у этих преследователей.

— Ты ничего не перепутал? — снова спросил Дронго у водителя.

— Нет. Ничего. Эти две машины следят за нами от дома, куда мы с вами ездили. Может, даже раньше. Я думаю, что они следят от офиса компании, в которой мы сегодня были.

— Я тоже так думаю, — согласился Дронго. — Немного сбавь скорость. Не нужно пытаться от них оторваться. Мы их не замечаем, занятые своим делом.

— Впереди может быть пробка, — напомнил водитель, — по вечерам там трудно свернуть на Кольцевую. Они нас могут легко потерять. И мы не довезем их до нашего переулка.

— Значит, сделай так, чтобы они нас не потеряли. Не беспокойся, если это те люди, о которых я думаю, они не потеряются. Будут держаться рядом с нами и постараются не упускать нас из виду. Только учти, что тебе не нужно дергаться или волноваться.

Они продолжали движение. Как и предполагал водитель, впереди оказалась довольно значительная пробка, в которой они встали вместе с другими автомобилями. «БМВ» пристроился за ними через одну машину, а «Мерседес» ехал почти рядом и в какие-то минуты даже оказывался в метре от них. Дронго видел двух незнакомых мужчин на переднем сиденье. Они так напряженно смотрели вперед, боясь даже повернуть головы, так нервничали, оказываясь рядом с их машиной, что легко можно было просчитать этих «качков», нанятых для преследования.

Еще минут через тридцать их машина въехала в знакомый переулок. Там уже ждал Вейдеманис. Он успел сфотографировать оба автомобиля, проследовавших за «Вольво». Затем позвонил Дронго.

— Все в порядке. У меня есть фотографии номеров обеих машин. Сейчас уточню, кому они принадлежат.

– Позвони Кружкову, у него много знакомых в госавтоинспекции. Пусть пробьют по компьютерам, – предложил Дронго. – Если ничего не выйдет, придется звонить Талганову, а я бы этого не хотел.

– Не придется. Я думаю, мы быстро все выясним, – пообещал Эдгар, – ты же знаешь, что это совсем не сложно. Достаточно найти знакомого офицера с компьютером. И уточнить, кому принадлежат эти две симпатичные машины. Куда ты едешь?

– В наш ресторан. Не хочу везти их домой. Пусть стоят и ждут меня там. Я буду с другой стороны ждать, когда ты подъедешь.

Это тоже был их обычный трюк. Машина подъезжала к ресторану, и Дронго исчезал там. Его машина ждала у ресторана, а часов через пять или шесть уезжала домой. Только тогда прождавшие столько времени наблюдатели понимали, что их просто обманули. Дронго выходил через другую дверь, садился в машину Эдгара и уезжал домой.

Так произошло и на этот раз. Он пересел в автомобиль Вейдеманиса, и они мягко отъехали от здания ресторана.

– Сумел уточнить, кому принадлежат эти машины? – спросил Дронго. – Хотя нет, ничего не говори. Я попробую угадать. Обе машины зарегистрированы на банк КТБ. Вернее, на службу безопасности банка КТБ. Правильно?

— Абсолютно, — рассмеялся Эдгар, — с тобой неинтересно работать. Ты все знаешь заранее. Как ты их вычислил?

— Очень дорогие машины, явно не предназначенные для наблюдения. Чем хуже идут дела у банков, тем более навороченные атрибуты внешнего представительства они себе позволяют. Типичная ситуация.

— Все правильно. Обе машины за банком КТБ. Только я не совсем понимаю. Это плохо или хорошо?

— Я сам пока этого не понимаю. Но посмотрим, что они скажут нам завтра утром.

Он не мог предполагать, что ему позвонят уже сегодня ночью. На часах было уже достаточно поздно, когда он вернулся домой. Принял душ, уселся перед компьютером, снова войдя на сайт компании «Ростан», который уже достаточно давно не обновлялся. Через поисковую систему затребовал все данные на компанию, столь успешно работавшую в прежние годы. Затем начал проверять информацию по банку КТБ.

Телефонный звонок мобильного аппарата отвлек его от этого занятия. Он посмотрел на номер позвонившего. Странно, почему она решила позвонить ему так поздно? На часах около десяти вечера. Он поднял трубку.

— Я вас слушаю, — сказал Дронго.

— Извините, что я вас беспокою, — услышал он торопливый голос Маргариты, — но у меня завтра никак не получится с вами встретиться. Мы уезжаем в командировку на три дня. Вернемся на следующей неделе, и я вам сразу позвоню.

— В какую командировку? — недовольно спросил он. — Вы же студентка первого курса. Какие могут быть командировки у студентов вашего училища?

— На съемки, на практику, — быстро пояснила она. Даже не видя ее лица, он по голосу понимал, что она врет. Но зачем она это делает? В чем дело? Что произошло?

— А через три дня вы уже вернетесь?

— Да, наверное. В субботу или в воскресенье я поеду к друзьям на дачу. А в понедельник мы с вами сможем увидеться.

— Вы, наверное, меня не поняли, — недовольно сказал Дронго, — речь идет об убийстве Николая Евгеньевича Сутеева, друга вашего отца и человека, который вам так помогал. Я хочу лишь задать вам несколько вопросов.

— Конечно, — согласилась она, — я все поняла. Просто я завтра уезжаю и буду в городе только через три дня. Извините, меня зовут. Но я обещаю, что обязательно вам позвоню.

Она быстро отключилась. Он мрачно положил телефон на стол. Покачал головой.

Происходит нечто непонятное. Почему она не хочет с ним встречаться? Какую тайну пытается скрыть? Ведь даже по ее голосу было понятно, что она говорит неправду. Завтра нужно будет проверить в училище, куда она собирается уезжать. Но самому появляться там не стоит. Он снова поднял трубку.

— Леонид, — попросил он Кружкова, — завтра отправляйся в Щукинское училище и постарайся узнать, где находится студентка первого курса Маргарита Кярвалис. Только сделай так, чтобы об этом никто не узнал, тем более она. Очень осторожно узнай, в Москве она или ее куда-то послали. Понял?

— Сделаю, — ответил Кружков. Он вообще не любил много говорить.

Странное поведение девушки не укладывалось в уже привычную схему. Или Алла ничего не знала об истинных отношениях Сутеева и этой молодой особы. Тогда понятно, почему Николай Евгеньевич называл свою жену святой и во всем винил только себя. Конечно, если он изменял супруге с этой молодой особой, то в этом приятного мало. А если она узнала и ушла от него, то все становится на свои места. И еще... старый пистолет «ТТ». Вот здесь может крыться разгадка. Если предположить, что об их связи узнал отец Маргариты. Кажется, придется еще раз побеспокоить Аллу. Дронго набрал номер ее телефона.

— Извините, что я вас беспокою снова, — начал он, — вы не знаете, кем работает отец Маргариты?

— Конечно, знаю. Он работает руководителем какого-то подразделения МЧС. По-моему, в звании полковника. А почему вы спрашиваете?

— Забыл спросить об этом у Маргариты, когда говорил с ней по телефону. Спасибо за информацию. До свидания.

Он положил телефон на столик. Если работает в МЧС, то мог иметь доступ к оружию. И в системе МЧС не обязательно все ходят с новыми пистолетами. Там вполне мог оказаться старый «ТТ», из которого стрелял оскорбленный в своих лучших чувствах отец. А если пойти дальше? Если в свою новую квартиру Сутеев привозил Маргариту и их увидел там отец девушки? Может, он выстрелил и сразу ушел, забрав свою дочь? Какие ужасы лезут в голову. Нет, этого не может быть. Он же видел Сутеева. Такое поведение опровергает все, что он сегодня слышал об этом человеке. Воспользоваться ситуацией, устроить дочь своего друга к себе на работу, снять ей квартиру и использовать доверчивость семнадцатилетней девушки. Нет, слишком пошло и грязно. Совсем не похоже на Сутеева. Видимо, этот вариант нужно отбросить. За исключением одного момента. Отец Маргариты мог поверить в грязную ложь, если ему в соответствующем обрамлении рассказали об этом недоброжелатели Сутеева.

Пока эта дикая версия — единственная, которая нуждается в проверке. Насчет грабителя версия абсолютно бесперспективная. Если это бандит, случайно оказавшийся на лестнице, тогда найти подобного убийцу будет чрезвычайно трудно. Это задача участкового, который обязан знать всех живущих в своем районе наркоманов и возможных грабителей. Или сотрудников уголовного розыска, которые обязаны через свою агентуру уточнить, кто мог совершить подобное преступление. Частному эксперту здесь делать нечего, вычислить убийцу путем логического умозаключения просто невозможно.

Нужно уточнить, кто именно будет представлять в суде интересы компании «Ростан», и попытаться выяснить их шансы на благоприятное завершение процесса. Хотя, судя по всему, судебный иск кредиторов может быть удовлетворен с очень большой долей вероятности, и тогда владельцам компании придется искать очень большие деньги на покрытие всех долгов.

Он продолжал размышлять, когда снова позвонил телефон. На этот раз городской. Он прислушался. После третьего звонка включились автоответчик и громкоговоритель. Автоответчик сообщил, что хозяина нет дома, и попросил оставить сообщение.

— Господин Дронго, — раздался наглый и резкий голос, — я обращаюсь к вам так, как вы сами себя представляете. Понимаю, что вы нас ловко кинули с этим рестораном, сумев уйти от наблюдения. Но это некрасиво и глупо, хотя бы потому, что сегодня ночью ваш водитель не сможет далеко уехать. Мы просто сделали небольшие дырочки в покрышках вашего автомобиля. В следующий раз мы можем сделать дырочки уже в другом месте. И не только в автомобиле. Было очень неумно с вашей стороны так быстро исчезать. Возьмите трубку, я знаю, что вы дома.

Дронго взял трубку.

— Я передам пленку в суд и потребую оплатить мне стоимость ремонта покрышек, — весело сказал он. — Было неумно с вашей стороны говорить об этом на мой автоответчик.

— Не нужно меня пугать, — посоветовал незнакомец.

— Я и не пугаю. Жалко моего водителя, которого вы так наказали. Сейчас пошлю к нему кого-нибудь из своих знакомых, чтобы помог доехать до профилактория. Не понимаю, при чем тут мой водитель? Зачем нужно было вымещать на нем свою бессильную злобу?

— А зачем вы убежали через запасной выход? — парировал позвонивший. — Вы же понимали, что за вами следят. Пусть даже не мастера вашего уровня. Не нужно было их так кидать. Представляете, как они обиделись? Они могли изуродовать вашего водителя, а вместо этого только проткнули шины вашего автомобиля.

— Вы еще и благородные люди, — восхитился Дронго, — тогда все понятно. Может, наконец, скажете, что вам от меня нужно? Откуда такой болезненный интерес к моей особе?

— Почему вы не спрашиваете, кто именно вам позвонил?

— Потому что знаю, кто позвонил. Служба безопасности банка КТБ? Или я ошибся?

У позвонившего произошла некоторая заминка. Очевидно, он был поражен такой реакцией.

— Вы действительно профессионал, — сказал с явной досадой позвонивший, — похоже, мы вас просто недооценили. Как вы смогли так быстро все узнать?

— Это я вас недооценил. Начали резать мне покрышки... Вы просто какие-то хулиганы, а не профессионалы.

— Давайте закончим эту дискуссию, — нервно предложил позвонивший, — раз вы знаете, кого мы представляем, разговор будет гораздо более продуктивным. Вы понимаете, что ваша попытка добиться любой отсрочки по платежам будет безжалостно пресечена. Если даже вы попытаетесь найти какую-нибудь отсрочку...

— Подождите, — понял Дронго, — вы считаете, что я пытаюсь найти основания для вынесения судебного решения не в вашу пользу?

— Конечно. А чем иначе вы можете заниматься? Мы прекрасно знаем, господин Дронго, что вы один из лучших экспертов...

— По расследованиям убийств, идиоты, — не выдержал Дронго. — Неужели так трудно было установить, чем именно я могу заниматься?

— Простите, я вас не понял.

— Вы, похоже, еще глупее, чем я о вас думал. Меня не интересуют финансовые разборки вашего банка с компанией «Ростан». Они вообще не имеют ко мне никакого отношения. Я занимаюсь своим привычным делом, расследую убийство Николая Евгеньевича Сутеева, заместителя генерального директора компании. И если вы имеете к этому какое-то отношение, то лучше сообщите мне об этом прямо сейчас. А если не имеете, то тоже лучше скажите мне прямо и откровенно. Чтобы я уже не проверял эту версию до конца.

— Я не понимаю, о чем вы говорите, — быстро произнес позвонивший.

— Прекрасно понимаете. Начнем с того, что я не люблю разговаривать с хамами. А вы явно принадлежите к этой малопочтенной категории. Во-первых, звоните в двенадцатом часу ночи, что уже неприлично. Во-вторых, сообщаете мне о том, как изгадили мою машину, что тоже не вызывает к вам большого уважения. В-третьих, разговариваете со мной уже несколько минут и не представились, что совсем некрасиво. Перечислять можно до бесконечности. Если выяснится, что вы не только хамы, дураки и хулиганы, но еще и убийцы, я буду просто разочарован. Или нет?

Позвонивший бросил трубку. Дронго улыбнулся.

— Я все-таки прав, — громко сказал он, — вы действительно ведете себя абсолютно по-хамски.

Глава 9

Ночью он позвонил Кружкову и попросил того поехать вместе с эвакуатором за машиной. Затем отключил громкоговоритель у городского телефона на случай, если будут звонить, и после просмотра последних новостей по нескольким каналам и на разных языках отправился спать в четвертом часу утра. Он проснулся, когда часы показывали десять. Принял душ, тщательно побрился. Сегодня у него должна была состояться встреча с Маргаритой Кярвалис, но она сказала, что уедет в какую-то непонятную командировку. Теперь нужно было ждать, когда Кружков проверит все в самом Щукинском училище.

Дронго сел за стол. Это было лучшее время в его расследованиях, когда, оставаясь наедине с собой, он мог спокойно размышлять, анализировать все известные ему факты, выдвигая или опровергая ту или иную версию.

Итак, ему известно, что Николай Евгеньевич

Сутеев был убит полмесяца назад при очень странных обстоятельствах. Начнем с того, что убийство произошло в доме, где возможный грабитель не должен был рассчитывать на случайную удачу. Проживающие в этом доме представители среднего класса не стали бы носить в своих портмоне большие суммы денег. Однако грабитель решил поживиться именно в этом доме, для чего припас неизвестно откуда появившийся допотопный «ТТ». Странно, что никто не услышал выстрела, ведь «ТТ» стреляет так, словно бьет из дробовика. И самое интересное, что никто не слышал громких криков или споров. Поставим вопрос и пойдем дальше.

Убийца выстрелил один раз и сразу исчез. Почему? Либо он дилетант, испугавшийся того, что сделал. Либо уверенный в себе профессионал, убивший жертву с первого выстрела. Нет, профессионал никогда в жизни не стал бы стрелять из такого пистолета. Он же видел эту гильзу. Пистолет могло заклинить в любой момент. Значит, версия профессионала отпадает. Скорее стрелявший был идиотом, чем профессионалом. И конечно, то, что он не забрал деньги, тоже не в пользу нападавшего. Второй очень жирный вопрос.

Теперь дальше. Все сходятся во мнении, что

Сутеев просто обожал свою вторую супругу и дочку. Но по непонятным причинам она ушла от него. Дронго видел, как он переживал. О своих переживаниях он рассказывал двоюродному брату, с которым, очевидно, был очень близок, и своему секретарю. Зачем рассказывал ей, вообще непонятно. Он знал, что она навсегда уходит, понимал, что больше вместе они работать не будут. Тогда зачем он ей рассказывал? Ведь это выглядит глупо и нелогично, посвящать в такие тайны человека, которого, возможно, больше никогда не увидишь. Может, он был в таком состоянии, что ему просто необходимо было высказаться? Вполне возможно. Тогда все понятно. В разговоре с Аллой он сказал, что его жена святая, а он во всем виноват. Интересно, в чем именно он был виноват?

Предположим, что это был не случайный грабитель, хотя такой пистолет и место совершения преступления говорят именно в пользу такого случая. Тогда какие мотивы? Первый – финансовый. Его убрали кредиторы из банка КТБ, чтобы напугать Вахтанга Михайловича и заставить его платить по долгам. Странная версия. Зачем убивать своего должника? Лучше быстрее получить с него деньги. Предположим, что они знали – таких денег у Сутеева нет и не предвидится. Тогда понятно, что лучше убрать именно Сутеева, чтобы заставить заплатить по всем долгам его руководителя и оставшегося владельца компании. Версия убедительная? Не совсем. КТБ и другой кредитор подали в суд. А если суд вынесет решение о солидарной ответственности, то выяснится, что Сутеев платить уже не может. Хотя всегда могут описать имущество его семьи. Версия не очень убедительная, хотя ребята уж больно лихие. Вчера, не очень задумываясь, просто пробили все четыре покрышки, что говорит явно не в их пользу.

Второй мотив – личная месть. Чья месть? Уволенного сотрудника? Не выдерживает критики. Все знали, что фактический глава компании Вахтанг Михайлович Чагунава. Все отмечали, что Сутеев пытался найти общий язык с каждым сотрудником, помогал людям, до последнего был против их увольнения. Об этом знали все. И потом, где это видано, чтобы приходили убивать заместителя директора, когда есть директор. Вряд ли какой-нибудь из уволенных сотрудников решил столь страшным образом отомстить своему руководителю. Все понимали, что экономический кризис грянул внезапно и больно ударил по всей компании. К тому же многие знали, что хуже всего пришлось именно владельцам компании «Ростан», которые потеряли все, что имели, и еще должны были платить по многомиллионным долгам. В такой ситуации ни у кого бы просто не поднялась рука еще и убивать Сутеева.

Значит, месть уволенных мы убираем. Тогда месть оскорбленного в лучших чувствах отца Маргариты. Похоже на правду. Он работал в областном МЧС, а там могли быть такие пистолеты. Она жила за счет Сутеева, он снимал ей квартиру, он пристроил ее в свою приемную. Алла все отрицает, но, возможно, она говорит об этом из любви и уважения к своему бывшему начальнику. Версия имеет право на жизнь, пока он лично не поедет в Нижний Новгород и не проверит все на месте.

Третья версия – наследство. Здесь должны быть замешаны основные наследники. Жена и дочь. Жена ушла от него, забрав малолетнюю дочь. Уже одно это обстоятельство указывает на непримиримость их противоречий. Говорят, что она сильная женщина. Очень переживала на его похоронах. Возможно, чувствовала себя виноватой. Впереди был развод, который должен был разделить их имущество. Стоп. А если она знала о готовящемся судебном иске банка КТБ против компании «Ростан»? Тогда она подает на развод, и суд делит имущество семьи Сутеевых ровно пополам. В этом случае долги взыскиваются с оставшейся половины, принадлежащей Сутееву. Ты же юрист, упрекнул себя Дронго. В этом случае будут взыскивать деньги и со второй половины наследства, так как супруги несут солидарную ответственность. Все нажитое имущество делится пополам, и нажитые долги тоже делятся пополам. Может, это было окончательной каплей, добившей их отношения? Она поняла, что теряет все, что имеет, и решила нанять убийцу. Или даже стреляла сама?

Нужно будет проверить, где она была в тот вечер. Хотя следователь наверняка проверял. Кто еще остался из возможных наследников? Сам Дмитрий Романович Сутеев? Убивать из-за небольшого домика, якобы оставшегося ему в наследство в Нижнем Новгороде? Это вообще не очень серьезно. Хотя двоюродный брат погибшего иногда ведет себя достаточно странно. Нужно будет тщательно все проверить. И еще раз проанализировать их первый разговор. Но в любом случае наследники были из близких родственников, и у них должен быть очень веский мотив для такого убийства. Похоже, версия наследников отпадает, хотя и не закрыта окончательно.

Остается четвертая возможная версия, которую он убрал в самом начале. Случайный бандит, оказавшийся на пути несчастного Сутеева. У него и так было слишком много проблем в жизни и на работе. Нужно дождаться телефонного звонка Кружкова и поехать переговорить с Ларисой Кирилловной. Без такого разговора он ничего не поймет. Хотя есть риск, что она его просто выгонит из дома, не захочет разговаривать. Прошло не так много дней, возможно, она еще не отошла после случившегося. Но, не поговорив с вдовой Сутеева, невозможно толком разобраться, что именно могло произойти в тот роковой вечер в старом доме Николая Евгеньевича на Профсоюзной улице.

Он уже собирался звонить, когда раздался телефонный звонок. Он поднял свой аппарат. Это был Леонид Кружков.

– Я все узнал, – торопливо сообщил Кружков, – никакой командировки у нее нет. Она взяла отпуск за свой счет на неделю. Написала, что по семейным обстоятельствам. С сегодняшнего дня уже не ходит на занятия. Объяснила своему профессору, что дома кто-то серьезно болен.

– Когда это случилось?

– Сегодня утром. Как раз в десять часов утра.

— Она звонила мне еще вчера вечером, — изумленно сказал Дронго, — сказала, что уезжает в командировку. А сегодня утром оформила отпуск за свой счет?

— Да. Сегодня утром. Мы разминулись. Я приехал примерно в пятнадцать минут одиннадцатого, когда она уже выходила из здания. Так мне сказали.

— Понятно. Срочно узнай, где она живет, и поезжай в общежитие. Боюсь, что у нее могут быть неприятности. Очень срочно. Ты все понял?

— Да, сейчас узнаю и поеду. По-моему, должно быть где-то недалеко, но я узнаю.

Кружков отключился. Дронго забарабанил костяшками пальцев по столу. Только этого не хватало. В какую игру играет эта молодая девочка? Что она пытается утаить, если так настойчиво избегает с ним встречи? Нужно срочно выезжать в Нижний Новгород, чтобы искать там некоторые ответы на возможные вопросы. Прямо сегодня вечером. Пусть Эдгар закажет билеты на поезд. Сколько туда ехать? Наверно, не больше суток.

Он перезвонил Эдгару и попросил его заказать билет на сегодняшний вечер.

— Я собирался к тебе приехать, — сообщил Вейдеманис, — насколько я понял, твоя машина не в порядке. Вчера наши преследователи проткнули тебе все четыре шины. Кружков говорит, что забирали твой автомобиль с помощью эвакуатора.

— Такие интеллигентные преследователи, — вздохнул Дронго, — сначала испортили машину, а в полночь позвонили мне и еще пообещали кучу неприятностей, если я не брошу расследование. Они убеждены, что я помогаю «Ростану» в их противостоянии с кредиторами. У них не хватает даже мозгов, чтобы понять, чем именно я могу заниматься.

— А если хватает? — возразил Эдгар. — Они же не такие дураки. И если среди них есть бывшие сотрудники правоохранительных органов, то они наверняка хотя бы слышали о таком эксперте, как ты. Значит, точно знают, с кем имеют дело. Может, убийство Сутеева как-то связано с их деятельностью и ты своими частными расследованиями можешь сорвать их успешный судебный процесс. Если сумеешь доказать на суде, что убийство Сутеева было преднамеренным и ставило своей целью запугать основного владельца компании — господина Чагунаву. Такое возможно?

— Вполне. Но это пока только наши гипотезы. Хотя моя пострадавшая машина уже не гипотеза, а прискорбный факт. И их ночной телефонный звонок тоже не привидевшаяся мне химера. Давай сделаем иначе. Ты ко мне не приезжай. Я думаю, они наверняка следят за моим домом. Поэтому будет лучше, если ты будешь незаметно следить за нами, как ты это обычно делаешь. А я вызову такси и поеду в гости на этой машине.

– Куда ты собираешься ехать?

– К Ларисе Кирилловне, вдове покойного.

– Если она тебя примет.

– Да, если она меня примет. Но без разговора с ней все мои остальные усилия будут просто бесполезны.

– Будь осторожен. Они могут помешать тебе с ней встретиться. Если они каким-то образом причастны к этому убийству.

– Что ты советуешь мне делать?

– Взять оружие. И все-таки дождаться меня. Когда нас будет двое и мы оба будем вооружены, они не посмеют снова протыкать нам шины.

– Ладно, – немного подумав, согласился Дронго, – может, ты и прав. Только сразу не подъезжай к дому. Когда приедешь, позвони с соседней улицы. Я спущусь вниз и встану в подъезде, рядом с охранником нашего дома. Договорились?

— Не забудь про оружие. За пять миллионов долларов в этом городе человека сто раз могут убить и еще ограбить.

— Ты знаешь, как я не люблю пользоваться оружием.

— И это говорит человек, который выбивает девять десяток из десяти.

— Только в тире, Эдгар, только в тире.

Он решил перезвонить Дмитрию Сутееву, чтобы узнать номер телефона вдовы его брата. Позвонил ему на мобильный и сразу услышал голос Дмитрия.

— Доброе утро. Как у вас дела?

— Занимаюсь расследованием, — недовольно буркнул Дронго. — Вчера вечером кредиторы вашего двоюродного брата проткнули мне все четыре колеса. Пришлось вызывать эвакуатор. Я отнесу эти расходы на ваш счет.

— Конечно. А какие кредиторы, я вас не совсем понял?

— Из банка КТБ. Которые судятся с компанией вашего погибшего брата. И боюсь, что решение суда будет не в пользу «Ростана». Все идет к тому, что их имущество опишут и продадут за долги.

— Какое несчастье, — равнодушным голосом произнес Дмитрий.

— Не сомневаюсь, что вы переживаете, — разозлился Дронго, — но это тот случай, когда тяжелыми вздохами делу не поможешь. Вы не знаете, куда могла сбежать Маргарита Кярвалис? Вчера она позвонила мне и сказала, что уезжает в командировку, а сегодня утром попросила отпуск на семь дней.

— Впервые слышу, — ответил Дмитрий.

— Ясно. Может, вы дадите мне номер телефона вдовы вашего брата?

— Вы хотите к ней поехать? — явно встревожился Дмитрий.

— Конечно, хочу. И не понимаю, почему вы так волнуетесь.

— Как это не понимаете? Вы представляете, в каком она сейчас состоянии? Убитая горем после случившегося. Обвиняющая себя во всем, что произошло. Даже следователь не захотел ее к себе вызывать и беседовал с ней дома. Неужели вы не осознаете всей сложности этого разговора?

— Осознаю, — ответил Дронго, — и тоже не собираюсь ее никуда вызывать. Но без разговора с ней я не смогу ничего гарантировать. Она главный свидетель всего случившегося.

— Какой свидетель? — даже выкрикнул Дмитрий. — Вы думаете, что она стояла там рядом и смотрела, как убивают ее мужа?

— Нет, я так не думаю. Просто решил, что мне нужно с ней переговорить. В конце концов, это даже неприлично. Расследовать убийство человека и не переговорить с его вдовой. И просто глупо. Она может знать такие подробности, которые не знает никто другой.

— Но ей сейчас очень плохо, и она не в состоянии отвечать на ваши вопросы, — настаивал Дмитрий Сутеев.

— Я вас все-таки не понимаю. Вы хотите, чтобы я раскрыл это преступление, или лучше оставить убийцу безнаказанным?

— Конечно, хочу. Я сам пришел к вам с этим предложением. Но вы должны принимать и мои возражения, ведь Лариса сейчас в таком ужасном положении.

— У нас с вами ненужный спор. Я считаю, что просто обязан с ней встретиться. Вы дадите мне ее номер телефона?

— Да, конечно. Может, я сначала ей позвоню, постараюсь подготовить ее к вашему звонку?

— Не нужно. Она может неправильно все понять и откажется от разговора со мной. А мне этот разговор очень важен.

— Хорошо, — согласился Дмитрий, — записывайте.

Он продиктовал номер.

— Больше вам ничего не нужно? — сухо поинтересовался он. — Может, вы еще с кем-то хотите переговорить?

— Пока ни с кем. Но если захочу, обязательно вам позвоню, — пообещал Дронго.

Он набрал номер телефона. Довольно долго ждал, пока наконец ему ответил какой-то неизвестный старческий голос. Судя по всему, мужчина лежал в постели. Он говорил задыхаясь, немного покашливая.

— Добрый день, Нина Марковна. Я вам звонил, — сразу сообщил неизвестный.

— Это не Нина Марковна, — ответил Дронго, — извините, что я вас беспокою. Можно позвать к телефону Ларису Кирилловну?

— Какую Ларису Кирилловну? — не понял старик. — Здесь такая не живет.

— Извините, — снова сказал Дронго, — я, кажется, ошибся номером.

Он посмотрел на трубку, снова набрал номер. Нет, он не ошибся. Видимо, Дмитрий Сутеев дал ему неверный номер телефона. Он набрал номер мобильного телефона Сутеева и услышал характерные гудки. Телефон был занят.

Дронго разозлился. Похоже, Дмитрий Романович играет с ним в какую-то глупую игру. Нужно успокоиться и взять себя в руки. Может, Дмитрий понял, что дал неверный номер, и сейчас как раз звонит ему. Он положил телефон на столик. Прождал целую минуту и набрал прежний номер. По-прежнему занято. Черт возьми, это уже начинает его нервировать. Он набрал номер в третий раз и наконец услышал, как Дмитрий Романович ему ответил.

– А я набираю ваш номер, – быстро сказал Сутеев.

– Предположим, что я вам поверил, – злым голосом произнес Дронго, – но почему вы ошиблись, перепутав номер вдовы вашего брата в первый раз? От волнения? Или от нежелания дать мне настоящий номер?

– Нет, у меня просто неправильно записан номер, – попытался оправдаться Дмитрий, – вместо тройки восьмерка на конце. Я перепутал. С восьмеркой будет правильно. Последняя цифра восьмерка. А номер тот же самый.

– Хорошо, – сдерживаясь, сказал Дронго.

Он набрал номер телефона вдовы погибшего Сутеева. И услышал, что абонент временно недоступен. Это его окончательно разозлило. Теперь в списках подозреваемых будет и сам Дмитрий Сутеев. Неужели он нарочно дал неправильный номер, чтобы дозвониться до вдовы своего брата и попросить ее отключить телефон? Нет, такая версия просто невероятна. Скорее всего, она сама отключила свой телефон после случившейся трагедии. Тогда куда звонил Сутеев? Дронго набрал номер Вейдеманиса.

— Мой сегодняшний визит отменяется, — сообщил он Эдгару, — не нужно ко мне приезжать. Лучше запиши номер телефона. Это номер господина Сутеева, который к нам приходил. Заплати сколько нужно денег, но узнай, кому именно он звонил вчера и сегодня. Желательно по минутам. А еще лучше достань распечатку его звонков за последний месяц. Всех исходящих звонков. Ты меня понял?

— Будет сложно, — пробормотал Вейдеманис, — за один день не получится.

— Сделай за два или три дня. Но обязательно найди распечатку всех его звонков. Особенно исходящих, — попросил Дронго.

Глава 10

Теперь нужно было дождаться, когда позвонят его помощники. Первым позвонил Кружков.

— Ее нет в общежитии, — сообщил он, — она

собрала свои вещи еще утром и уехала. Ее подруга говорит, что Маргарита вернется через неделю.

— Узнай, куда она уехала, — предложил Дронго.

— Я уже пытался. Но никто не знает. Все считают, что она полетела в Нижний к своим родителям.

— Черт побери, — вырвалось у Дронго, — идиотская ситуация. В таком случае срочно уточни, где проживают ее родители. В общежитии должен быть адрес. Любым способом его узнай. Я сегодня ночью туда отправлюсь.

— Уже узнал, — спокойно сказал Кружков, — можете записать. Хотя вы все равно запомните. Улица Абрикосовая в Советском районе Нижнего Новгорода.

— Молодец, — похвалил его Дронго, — просто здорово. Теперь возвращайся в офис и жди моего звонка.

Он не сомневался, что за его квартирой попрежнему наблюдают сотрудники службы безопасности банка КТБ. Следовало использовать эту ситуацию в своих интересах. Он позвонил в приемную компании «Ростан». Ему ответила Мила, он узнал ее по голосу:

— Компания «Ростан». Приемная генерального директора. Я вас слушаю, — заученно произнесла она.

— Здравствуйте, Мила, — поздоровался он, — вчера я у вас был. Это ваш знакомый.

— Из налоговой инспекции, — обрадовалась она, — конечно, я вас помню.

— Скажите, пожалуйста, кто из адвокатов ведет дело вашей компании? Вы можете дать мне их телефоны?

— У нас свой адвокат. Очень известный и опытный. Вы записываете?

— Конечно.

— Эдуард Александрович Фейгельман.

— Вы можете дать мне его номер телефона?

— Сейчас найду. Вы знаете, что заседание суда будет уже завтра?

— Нет, не знаю. В котором часу?

— Завтра в полдень. Все документы я уже передала Вахтангу Михайловичу. А вы еще зайдете к нам?

— Обязательно зайду. Как там ваш шеф? Не передумал поднять вам зарплату после моего посещения?

— Похоже, что нет. Он вам намекал, что может поднять зарплату?

— Открытым текстом. Очень переживал, что раньше вы получали гораздо больше в долларах, а сейчас должны получать в рублях. Но сказал, что постарается исправить ситуацию.

— Он так и сказал? — явно обрадовалась она. — Это будет здорово. Мы с ним уже столько лет работаем вместе.

— Кризис скоро закончится, а опытные кадры везде нужны, — напомнил Дронго. — Вы нашли номер телефона?

— Конечно. Сейчас продиктую. Вы записываете?

Она продиктовала, он запомнил номер. Вежливо попрощался и набрал номер адвоката. И услышал глухой голос:

— Я вас слушаю.

— Эдуард Александрович? Здравствуйте.

— Кто со мной говорит?

— Мне дала номер вашего телефона Мила, секретарь Вахтанга Михайловича.

— Слушаю вас.

— Я международный эксперт по вопросам преступности. Меня обычно называют Дронго. Я хотел бы с вами встретиться и переговорить.

— На какой предмет?

— Меня попросили провести расследование по факту смерти Николая Сутеева. Частное расследование...

— Молодой человек, — рассердился Фейгельман, – я же не ребенок. Вы и ваши покровители любыми способами пытаются втянуть меня в провокацию, чтобы подставить компанию «Ростан», которую я имею честь представлять. Я понимаю, что у вас достаточно сильные юридические аргументы, но, честное слово, прибегать к подобным методам уже просто непорядочно. Иосиф Борисович достаточно сильный адвокат, чтобы представлять ваши интересы без таких ненужных провокаций. Простите меня за грубость, но так нельзя. Убийство Сутеева не имеет к нашему разбирательству никакого отношения. И ваше желание приобщить это страшное преступление к рассмотрению наших чисто хозяйственных вопросов выглядит странно.

– Вы меня не поняли, – быстро возразил Дронго, – я не имею к ним никакого отношения. Меня попросила о расследовании семья самого Николая Евгеньевича Сутеева. Поэтому я и позвонил вам. Поверьте, я не имею к ним абсолютно никакого отношения.

– Сколько можно, – устало пробормотал Фейгельман, – сначала пытались меня купить, потом вышли на мою дочь, чтобы она меня уговорила сдать интересы моих клиентов. Честное слово, ваше поведение уже переходит все мыслимые и немыслимые границы.

– Давайте сделаем так. Вы все равно мне не поверите, пока я лично не приеду к вам и не переговорю с вами. Скажите, куда мне приехать, и я готов немедленно заявиться к вам, чтобы развеять ваши опасения.

– Хорошо. Но учтите, что наш разговор будет записываться и в соседней комнате будет присутствовать специалист из службы охраны, который выставит вас за дверь, если вы попытаетесь меня шантажировать или испугать.

– Договорились, – согласился Дронго, – скажите, где вы находитесь, и я приеду через час.

Фейгельман назвал адрес и, вежливо попрощавшись, положил трубку. Он был адвокатом старой школы и считал, что настоящий адвокат не может позволить себе не быть вежливым и корректным. Дронго начал одеваться, перезвонив Вейдеманису.

– Я уже передал номер телефона Дмитрия Сутеева, – сообщил Эдгар, – они обещали организовать мне всю распечатку. Хотя с каждым разом становится труднее добывать эту информацию. Телефонные компании не любят, когда у них пытаются получить подобную информацию. Не говоря уже о том, как это не нравится самим клиентам. У тебя есть еще какие-нибудь задания?

— Есть. Бери машину и приезжай срочно за мной. И не забудь «игрушку», которая должна быть и у меня.

— Не забуду, — рассмеялся Вейдеманис.

Он приехал уже через тридцать минут. Дронго вышел из дома, сел в автомобиль Вейдеманиса.

— Давай на Покровку, — попросил он, — в офис господина Фейгельмана, адвоката компании «Ростан».

— Поехали, — согласился Эдгар.

Уже через несколько минут он сказал, задумчиво глядя в зеркало заднего обзора:

— Кажется, у нас опять появился «хвост».

— Это даже хорошо, — кивнул Дронго, — пока с ними не разберемся по-настоящему, они будут нам мешать. Поэтому держи курс на Покровку. Сегодня нужно наконец закончить с этими господами.

Знакомый «Мерседес» с двумя преследователями нагло следовал за ними, почти не таясь. Так они вместе и приехали на Покровку. Остановили машину на платной стоянке, чтобы не вызывать очередного соблазна у своих преследователей проткнуть шины, и, вдвоем перейдя дорогу, поспешили в офис адвоката Фейгельмана.

Лучшие годы Эдуарда Александровича были уже позади. В описываемый период ему шел седьмой десяток. Он уже не котировался, как раньше, в первой десятке лучших адвокатов Москвы, а стабильно входил в первую сотню. Самые известные олигархи и крупные компании предпочитали других адвокатов, более известных и пробивных. Фейгельман относился к этому достаточно спокойно, понимая, что нельзя быть всегда в первой десятке. Соответственно, его гонорары исчислялись тысячами долларов, а не десятками и сотнями тысяч, как у его коллег из первой когорты лучших адвокатов не только города, но и всей страны.

Дело, которое ему поручили вести, было достаточно «тухлым» на сленге адвокатов. Было понятно, что аргументы его оппонента, известного адвоката Иосифа Борисовича Плавника, как раз входившего в ту самую заветную десятку, будут гораздо более убедительными и весомыми. Хотя бы потому, что судьи живые люди и прекрасно знают цену каждого адвоката. И если в суде на стороне какой-то компании выступает адвокат с громкой фамилией, то очевидно, что судья будет больше прислушиваться к его аргументам, чем к доводам и фактам, которые приводит другой адвокат, рангом пониже.

Но в данном конкретном случае все осложнялось еще и целым рядом неприятных обстоятельств. Завод, на постройку которого был взят кредит в двух банках, стоял недостроенным, и уже несколько месяцев там не велось никаких работ. Не было даже нормальных средств, чтобы законсервировать строительство до лучших времен. Противная сторона справедливо настаивала на форс-мажорных обстоятельствах, указывая на почти полное отсутствие средств у компании «Ростан» на реструктуризацию своих долгов. Особое недовольство банков вызывало то обстоятельство, что компания смогла расплатиться со своими зарубежными кредиторами, предпочитая решать вопросы с внутренними кредиторами во вторую очередь.

Одним словом, Фейгельман понимал, что в суде его позиции будут не очень прочными. К тому же полмесяца назад в результате трагического происшествия погиб заместитель генерального директора и один из совладельцев компании – Николай Евгеньевич Сутеев. Его убийство вызывало неприятные ассоциации, связанные с деятельностью «Ростана», словно компания была виновата в том, что одного из ее руководителей убили. Однако в таких случаях убийство вызывает повышенный и ажиотажно-болезненный интерес многих журналистов, которые начинают строить свои догадки на песке. Многие были уверены, что подобное убийство — это мафиозные разборки внутри компании, что не прибавляло оптимизма ни Фейгельману, ни сотрудникам «Ростана».

Сами кредиторы, особенно банк КТБ, тоже действовали далеко не идеальными методами. Чтобы Фейгельман не оспаривал возможную сделку, ему предложили взятку в пятьдесят тысяч долларов, от которой он с негодованием отказался. Взятку увеличили вдвое, но и тогда он не взял деньги. Ведь на кон была поставлена его профессиональная честь. Сотрудники службы безопасности банка нашли его дочь, которая работала в музыкальной школе завучем, и предложили попросить отца не выказывать ненужного усердия для успешного завершения дела и признания долгов компании «Ростан». Дочь честно пыталась воздействовать на отца, но он накричал на нее и потребовал не вмешиваться в его дела.

Сейчас он сидел в своем офисе и читал последние страницы искового заявления банка КТБ, когда ему доложили, что приехали двое неизвестных, представившихся частными экспертами. Он разрешил им войти. Двое мужчин, каждому из которых было под пятьдесят. В прежние времена таких бы назвали уже пожилыми людьми. А сейчас пожилой был именно он, в свои шестьдесят семь. Он надел очки, поправил редкие седоватые волосы и испытующе взглянул на гостей

— Что вам угодно? Кто из вас господин Дронго?

— Это я, — ответил Дронго, — я вам звонил примерно час назад по поводу гибели Николая Сутеева.

— Да, я помню. И я сказал вам, что не имею к этому происшествию никакого отношения. И не хочу даже слышать об этом. Поскольку я занимаюсь финансовыми вопросами компании «Ростан», то я, конечно, знал погибшего Николая Евгеньевича. Но уверяю вас, что к нашему финансовому спору с банком КТБ данное прискорбное происшествие не имеет никакого отношения.

— Не сомневаюсь, — согласно кивнул Дронго, — но я приехал к вам не поэтому. Меня интересуют последствия решения суда, который должен состояться завтра.

— Откуда вы знаете?

– У меня есть свои источники в компании «Ростан», – усмехнулся Дронго.

– Верно. Завтра будет заседание суда. Я буду просить отсрочки, но боюсь, что наши позиции недостаточно сильны. Против нас будет выступать сам Иосиф Борисович Плавник. А это человек, знающий и умеющий вести подобные дела. Не говоря уже о том, что после убийства Сутеева наша и без того слабая позиция стала напоминать рыхлую плотину, готовую обрушиться в любой момент.

– Именно поэтому мы и приехали к вам, уважаемый мэтр, – сообщил Дронго. – Меня волнует вопрос, как будет возложена солидарная ответственность на учредителей компании «Ростан», ведь самого Сутеева уже нет в живых. Конечно, я хочу знать только гипотетически, так сказать, на «всякий пожарный». Ведь вполне возможно, что суд согласится с вашими доводами и отложит рассмотрение данного иска. Или откажет в нем.

– Отказать Плавнику, который выступает поручителем истца, почти невозможно, – грустно заметил Фейгельман.

– Тогда скажите мне, как будет разделена эта солидарная ответственность?

– Так, как она и должна быть разделена. Согласно акциям, владельцами которых являются господа Чагунава и семья погибшего Сутеева.

— В таком случае солидарный долг будет примерно разделен пополам, — сделал вывод Дронго.

— Правильно. Как и положено по закону. Но я завтра попытаюсь перенести заседание на более поздний срок и убедить судей в возможности реструктуризации долга.

— Предположим, что маэстро Плавник оказался более убедительным в своих доводах, что будет тогда? — продолжал настаивать Дронго.

— У нас есть шансы на успешное завершение дела, — неожиданно улыбнулся Фейгельман.

— Какие шансы?

— Этого я вам не могу сказать. Адвокатская тайна. Завтра в суде я предъявлю наши аргументы. И уверяю вас, что они должны произвести впечатление на судью. Но пока о них не знает никто. Кроме меня и господина Чагунавы. И надеюсь, что не узнает до завтрашнего судебного заседания.

— А если ваши аргументы все-таки не подействуют или окажутся недостаточно убедительными? — все еще не мог успокоиться Дронго.

— Тогда нужно будет платить, — нервно произнес Эдуард Александрович, – найти все эти миллионы и заплатить.

– У семьи погибшего Сутеева нет таких денег.

– Тогда опишут имущество. Таков закон.

– Но даже после этого у них не будет столько денег.

– Я не знаю. Мне трудно говорить о том, что может быть, пока это не случилось. Я адвокат, молодой человек, а не астролог, который гадает по звездам.

– Не сомневаюсь, что вы хороший адвокат, – кивнул Дронго, – но меня привело сюда беспокойство за семью погибшего.

– Этот вопрос не входит в пределы моей компетенции, – пояснил Фейгельман, – я должен отстаивать в суде позицию компании «Ростан». И сделаю все, чтобы мы не проиграли. А выплаты, в случае признания нас несостоятельными должниками, будут производиться согласно закону и без моего личного участия.

– Но вы можете смягчить решение суда, – настаивал Дронго.

– Каким образом? Убедить судью, что семья погибшего Сутеева не может платить по его долгам? И вы считаете, что суд может принять такое решение? Не забывайте, что там будет и господин Плавник, который просто не позволит вынести половинчатое решение. Если мы проиграем завтрашний судебный процесс, то солидарная ответственность будет возложена на обоих учредителей компании примерно в равной доле. И тогда будет принято решение о конфискации имущества для должного обеспечения решения суда. Других вариантов просто не может быть.

Дронго мрачно взглянул на своего друга. Тот пожал плечами. В конце концов, из них двоих именно у Дронго было высшее юридическое образование.

— Теперь мне все понятно, — кивнул Дронго. — А если мы попытаемся переговорить с господином Плавником?

— Ни в коем случае. Это могут расценить как давление на противную сторону. Вернее, на адвоката истца. У вас могут быть крупные неприятности. Вы даже близко не должны к ним подходить. Ни в коем случае, иначе он обязательно расскажет об этом на суде. Подобный разговор может быть расценен как давление на адвоката истца.

— А если давление оказывают на свидетелей ответчика, это не считается нарушением? — поинтересовался Дронго.

— Конечно считается, — кивнул Фейгельман, – но они работают достаточно четко, не оставляя следов.

Дронго снова переглянулся со своим напарником.

– А если будут следы? – поинтересовался Эдгар. – В таком случае у вас появятся шансы на отсрочку искового заявления?

– Возможно, – уклонился от ответа Фейгельман, – но это все схоластический спор.

– Нет, – сказал Дронго, поднимаясь со стула, – уже не схоластический. Сейчас мы постараемся вам все доказать.

– Будет больно, – заметил Вейдеманис, – я видел этих ребят. Учти, они, похоже, бывшие спортсмены.

– Ничего, – усмехнулся Дронго, – я однажды дрался с самим Миурой.

– Чем это закончилось? Неужели ты его победил?

– Проиграл, конечно. Но сумел продержаться несколько секунд, а для меня и это было большой победой. Между прочим, все время забываю о своих поединках с Гарри Каспаровым. Я тогда приехал на соревнование во Дворец пионеров и встретил там мальчика на несколько лет младше меня. Мы быстро разыграли партию, и он белыми у меня обидно и легко выиграл. Я предложил сыграть еще одну партию и взял белые фигуры себе. Мальчик согласился и еще быстрее обыграл меня. Было ужасно обидно. Позднее я узнал, что это был подающий большие надежды маленький Гарри Каспаров. Значит, счет моих личных встреч с Каспаровым два— ноль в его пользу. Думаю, что смогу немного продержаться.

— Сейчас придется держаться больше, — напомнил Эдгар. — Может, я пойду вместе с тобой?

— Ни в коем случае. Твоя задача будет фотографировать все последствия наших прямых контактов.

— Господа, — попытался остановить их Фейгельман, — надеюсь, вы не собираетесь устраивать здесь нечто вроде ристалища?

— Ни в коем случае, — успокоил его Дронго, — только гладиаторские бои со смертельным добиванием. Скажите, в вашей конторе есть хороший фотоаппарат или нам лучше пользоваться своими мобильными телефонами?

— Есть, — ответил адвокат, — но я решительный противник тех методов, к которым вы пытаетесь приобщить наш хозяйственный спор.

— Уже далеко не хозяйственный, — возразил Дронго, выходя из кабинета адвоката.

Глава 11

Они вышли в приемную, и Эдгар, шедший следом, схватил Дронго за руку.

— Подожди, — попросил он, — я думаю, что это неправильно. Посмотри на себя в зеркало. Даже если следы будут достаточно заметны, тебе могут не поверить.

— В каком смысле?

— При твоем росте и весе, при твоих широких плечах, кто поверит, что ты мог сильно пострадать и не стал себя защищать. Какой у тебя рост? Метр восемьдесят семь, а вес далеко за девяносто. С такой комплекцией человеку трудно выглядеть побитым, даже если судья увидит у тебя на лице следы побоев.

— Ты хочешь, чтобы они сломали мне руки или ноги? — уточнил Дронго. — И тогда мне поверят?

— Не нужно идти на такой радикальный вариант. Просто ты слишком внушительно выглядишь в качестве «мальчика для битья».

— Предлагаешь себя? Ты тоже не маленького роста.

— У меня рост только метр восемьдесят один. И вес гораздо меньше, килограммов на пятнадцать. Уже неплохо. Но я с тобой согласен. В данном случае я тоже далеко не идеальная кандидатура. У меня есть подходящий человек.

— Кого ты имеешь в виду?

— Леонид Кружков. Субтильный, среднего роста, достаточно хлипкого сложения. И учти, что он русский человек, а один из наших преследователей явно азиат.

— Тебе не стыдно?

— Подумай о стереотипном мышлении. Если побьют приехавшего кавказца или латыша, то это, конечно, плохо, но не так обидно. А если сидящий в «Мерседесе» азиат побьет Леонида Кружкова — это уже политика, — рассмеялся Вейдеманис.

— Бедный Леня. Даже не представляю, как я ему предложу подобное. Вот поэтому я всегда подозрительно отношусь к твоему бывшему ведомству, Эдгар. Вы все потенциальные провокаторы. Придумать такую гадкую комбинацию я бы не смог, не хватило бы ума.

— Ты же хотел подставить себя. Но учти, что ты иностранец, а это уже совсем иная история. Лучше, если побьют Кружкова, так выглядит проще и убедительнее.

— Звони Леониду, — согласился Дронго.

Через полчаса Кружков приехал на Покровку. Смущенный Дронго объяснил Кружкову их коварный замысел, и тот сразу согласился. Даже развеселился. Он взял ключи от машины Эдгара и вышел на улицу. Рядом со стоянкой дежурил уже знакомый «Мерседес». Там сидели двое наблюдателей. Они откровенно скучали. Один был с характерным разрезом азиатских узких глаз, у другого была славянская внешность.

Леонид прошел к машине Вейдеманиса, уселся в салон автомобиля и медленно начал выезжать со стоянки. Сидевшие в «Мерседесе» наблюдатели насторожились, переговариваясь друг с другом. Они явно были недовольны увиденным, решив, что Дронго повторил вчерашний трюк с рестораном, когда вошел в здание через один вход, а вышел через другой, оставив машину на попечение водителя. Кружков расплатился за стоянку и начал выезжать на улицу, когда «Мерседес» подъехал и загородил ему дорогу. Из машины вышел наблюдатель со светлыми волосами и подошел к сидевшему за рулем Кружкову. Дронго и Вейдеманис наблюдали, находясь метрах в десяти от них.

— Считаете себя самыми умными? — грозно спросил этот незнакомец, наклоняясь к Кружкову. — Где твой хозяин, придурок? Куда он делся?

— Пошел ты, — огрызнулся Леонид, — тоже

мне крутой. Тебе еще поучиться нужно, как правильно наблюдать.

— Ты кого послал? — разозлился его оппонент.

— Тебя, — ответил Кружков, — сам придурок. И напарник твой такой же придурок. Два дня теряете человека и ничего не можете сделать. Хорошо мы вас провели, даже обидно, что имеем дело с такими дураками.

— Ах ты, мерзавец, — наблюдатель просунул руки, хватая Кружкова за грудь. Несколько раз ударил его.

Кружков вылез из автомобиля. Он был по плечо нападавшему и смотрелся даже комично. Но он был достаточно храбрым человеком. И вообще, легко быть храбрым, зная, что в десяти метрах от тебя стоят двое твоих друзей. Кружков наклонился и головой ударил в живот нападавшего. Тот даже согнулся от боли.

— Из-за тебя я вчера до двух ночи не спал, — нравоучительно произнес Леонид, — не нужно было трогать нашу машину.

Азиат, увидев, что его товарищ согнулся от боли, быстро вылез из автомобиля и направился к Кружкову. Он был еще мощнее своего напарника. От первого удара Леонид увернулся. Второй и третий достигли цели. Губа у Кружкова лопнула, на скуле появился синяк. После третьего удара он упал на асфальт.

Дронго нахмурился, решительно зашагал к дерущимся.

— Еще немного подождем, — предложил Эдгар.

— Достаточно. — Дронго быстро перебежал улицу, направляясь к азиату. Тот обернулся.

— Ты тоже приперся, — прохрипел он, — сейчас получишь.

Он размахнулся, но не успел ударить. Внешне они были даже похожи, хотя нападавший был немного ниже ростом и более коренастый. Но со стороны никто бы не понял, что именно произошло. Дронго не стал размахивать руками, кричать, принимать боевую стойку. Он просто резким быстрым выпадом правой руки нанес болезненный удар в солнечное сплетение. Нападавший пошатнулся, хватаясь за грудь. Его напарник, уже оправившийся от удара, поднялся, угрожающе шагнул к Дронго. Вейдеманис хотел вмешаться, но Дронго остановил его.

— Не нужно, — попросил он, — это совсем не сложно.

Он сам шагнул ко второму наблюдателю. Легко и быстро отбил два его удара и дал несчастному пощечину.

— Это за мою машину, — пояснил он, затем нанес удар в скулу, — а это за нашего друга. Нельзя нападать на маленьких, тем более вдвоем на одного, это нечестно.

Нападавший пошатнулся. Дронго схватил его за руку.

— Падать совсем не обязательно, иначе можешь разбить себе голову.

— Ах ты... — попытался снова ударить его наблюдатель, но Дронго вывернул ему правую руку, поворачивая его к себе спиной.

— Не нужно хулиганить, — нравоучительно произнес он, — посмотрите, как вы побили нашего друга. Нужно позвать милицию.

К ним уже спешил дежуривший на стоянке охранник, который видел, как двое неизвестных перегородили на своем «Мерседесе» выезд автомобилю, в котором сидел Кружков, и напали на него. Вокруг начали собираться люди. Дронго отпустил нападавшего и сделал шаг назад. Подъехала патрульная машина милиции. Вперед вышел Вейдеманис, который начал рассказывать, что именно здесь произошло. Дронго незаметно отступил назад. Вышедшая из киоска женщина-продавец ярко и убедительно рассказывала, как два наглых типа на своем «Мерседесе» напали на несчастного Кружкова. Дежурный со стоянки подтверждал ее слова. Вейдеманис был уже третьим свидетелем. Сотрудники милиции предложили проехать в отделение, чтобы составить протокол. Двое наблюдателей мрачно стояли у своей машины, даже не пытаясь спорить. Вскоре они все отъехали. В машину Вейдеманиса уселись Эдгар и Кружков, который улыбался разбитыми губами.

Дронго вернулся в офис Фейгельмана. Снова попросил разрешения пройти к адвокату. Эдуард Александрович говорил с кем-то по телефону. Он сделал знак рукой, чтобы гость садился. Затем закончил разговор и взглянул на Дронго.

— Что опять случилось? — недовольно спросил он. — Мне сказали, что вы устроили безобразную драку прямо перед окнами нашего офиса. Неужели нельзя было обойтись без подобных стычек?

— Нельзя. Это были сотрудники службы безопасности банка КТБ, — пояснил Дронго, — со вчерашнего дня они преследуют мою машину и машины моих друзей. Вчера они проткнули четыре колеса моей машины. Если бы мы уехали, не заметив, то вполне могли попасть в аварию, не говоря уже о том, что мой водитель и помощник провозились с эвакуацией машины до двух часов ночи. А сегодня они просто напали на моего помощника и избили его, нанеся ему телесные повреждения средней тяжести.

— Вы их спровоцировали, — всплеснул руками Фейгельман.

— Отчасти. Когда люди чувствуют себя уверенно, они начинают совершать ошибки. Эти двое считали, что могут позволить себе остановить машину, в которой сидел мой помощник, вытащить его из автомобиля и сорвать на нем свою злость по поводу моего исчезновения. Но они не знали, что я нахожусь рядом с ними. В конце концов, разве не долг каждого приличного человека давать отпор зарвавшимся хулиганам на улице?

— И у вашего друга остались следы нападения этих молодчиков, — понял Фейгельман.

— Увы. Они разбили ему лицо, рассекли губу, у него большой кровоподтек на скуле. Я думаю, что завтра судье будет интересно увидеть, в каком состоянии находится господин Кружков, это мой помощник. Не говоря уже о том, что у нас будет милицейский протокол о неспровоцированном нападении сотрудников службы охраны банка на машину моего напарника Эдгара Вейдеманиса. Я полагаю, что перед оглашением решения суда вам просто необходимо ознакомить судью с этими фактами.

— Неплохо, — усмехнулся Эдуард Александрович, — очень неплохо. Факт нападения будет доказан не столько разбитой губой вашего помощника, сколько протоколом из милиции. А вы уверены, что эти нападавшие — сотрудники службы безопасности банка КТБ?

— На все сто процентов.

— Хорошо. Надеюсь, что протокол завтра будет у меня еще до судебного разбирательства.

— Не беспокойтесь, мои люди не уедут из милиции без этого протокола.

— Хорошо, — кивнул Фейгельман, поднимаясь со стула, — вы неплохо поработали. Но учтите, что сам факт нападения сотрудников службы безопасности еще не является определяющим, хотя говорит об их давлении на вашу миссию. До свидания, господин Дронго. Завтра утром я буду вас ждать.

Они пожали друг другу руки.

«Придется перенести свой визит в Нижний Новгород на послезавтра, — подумал Дронго, — ведь завтра должен состояться суд».

Он быстро поймал такси и поехал к себе домой, чтобы принять душ после столь неприятной стычки с этими двумя молодчиками. Уже сидя в салоне, он подумал, что во время драки испытал какой-то забытый азарт молодости, словно перенесся на двадцать или тридцать лет назад. В его возрасте не нужно так глупо подставляться, но ему хотелось снова попробовать свои силы. Это было забытое ощущение молодости, когда в драке сходились один на один и ты знал, что можешь рассчитывать только на свои кулаки.

«В мужчинах сидят эти атавизмы прошлого, — подумал Дронго, — мы сразу звереем от возможности подраться, разбудить дремлющую в нас агрессивность, вспомнить миллионы лет, проведенные в пещерах, где мы так отчаянно бились за свое место. Выживали только сильнейшие, только те, кто мог лучше других драться за свое место, своих женщин, свой кусок мяса, за свою жизнь. Несколько тысяч лет цивилизации не смогли нас изменить».

Он снова набрал номер телефона Ларисы Сутеевой, но автоответчик опять сообщил ему, что абонент временно недоступен. Дронго поднялся к себе домой, разделся, прошел в ванную комнату. На плече был небольшой кровоподтек. Первый нападавший все-таки задел его своим кулаком. Не нужно быть слишком самонадеянным. И нельзя драться с двумя молодыми людьми, каждому из которых было не больше тридцати. Он усмехнулся. Это глупое пижонство — лезть в такую драку, когда тебе далеко за сорок.

Просто хотелось еще раз продемонстрировать свое превосходство. Это не очень умно и совсем не корректно по отношению к напавшим на Кружкова наблюдателям.

Через несколько минут он вышел из ванной комнаты, чтобы включить свой компьютер и посмотреть все данные по банку КТБ. Нужно было подождать, когда из милиции приедет Эдгар Вейдеманис. Но спокойно продумать новую ситуацию ему просто не позволили. Снова раздался телефонный звонок городского аппарата. И чей-то вкрадчивый, достаточно интеллигентный голос вежливо спросил:

— Не будете ли вы так любезны поднять трубку, чтобы я мог с вами разговаривать? С вами говорит Гоффман, я вице-президент банка КТБ.

Дронго усмехнулся, поднимая трубку.

— Слушаю вас, господин Гоффман. Надеюсь, ваше полное имя не Эрнест Теодор Амадей? Так звали великого немецкого писателя, который взял себе последнее имя в честь обожаемого им Моцарта. Если Гоффман действительно вице-президент банка, то он обязан знать эти детали.

— Нет, я, к сожалению, не писатель, а только банкир, — ответил Гоффман, — хотя у меня немецкие корни и меня зовут Йозефом Герхардовичем, если вам будет угодно.

— Очень приятно. А меня обычно называют Дронго.

— Я знаю, господин Дронго. Хотя, если честно сказать, не совсем понимаю ваше пристрастие к этой непонятной кличке. Ведь у вас есть настоящие имя и фамилия. Неужели вам нравится, когда вас называют этой кличкой? Простите за откровенность.

Этот позвонивший вице-президент был вежлив до отвращения.

— Мне нравится, — добродушно произнес Дронго, — так уж получилось, что меня называют этой кличкой уже много лет. Я, наверно, привык.

— Если вам так нравится, то, с вашего разрешения, и я буду называть вас именно так, господин Дронго.

— Сделайте одолжение, — согласился он.

— Вчера у нас произошел досадный инцидент, — напомнил Гоффман, — к сожалению, сотрудники нашей службы безопасности повели себя несколько неадекватно. Они должны были проследить за одним нашим финансовым сотрудником, а вместо этого случайно вышли на вас. Естественно, когда вы так элегантно покинули наших сотрудников, выйдя через запасную дверь ресторана, они несколько растерялись и повели себя не совсем правильно. Мы приносим вам официальные извинения за неудобства, причиненные вам, и готовы даже оплатить ремонт вашей машины.

— Никакого ремонта не понадобилось, — сообщил, улыбаясь, Дронго, — мы просто сменили покрышки. Наверное, там было много гвоздей, и в темноте мы просто их не заметили.

— Это очень благородно с вашей стороны, — восхитился Гоффман, — а теперь я хотел бы переговорить о сегодняшнем ужасном инциденте. Поверьте, когда мне рассказали о случившемся, я был очень расстроен. Это абсолютно недопустимо, когда двое наших сотрудников случайно сталкиваются с машиной вашего помощника, в которой сидит другой человек, между прочим, не имеющий доверенности на вождение этой машины, и между ними происходит неприятный инцидент.

Здорово, восхитился Дронго, значит, они уже успели выяснить, что у Кружкова не было доверенности от Вейдеманиса на право вождения автомобиля. И все представляют таким образом, что управляющий без должного разрешения чужой машиной Леонид Кружков просто столкнулся с «Мерседесом», в котором находились оба нападавших. В результате этого столкновения между ними произошел небольшой инцидент, который часто бывает в подобных случаях. Как быстро и ловко они отреагировали на эту ситуацию. Доверенности у Кружкова не было, и это, конечно, ошибка Дронго и Вейдеманиса, которую их оппоненты будут разыгрывать до конца. Нужно выбить у них этот козырь.

— У него действительно не было доверенности на право вождения чужой машины, — согласился Дронго, — поэтому он хотел только выехать к офису, где мы его уже ждали. Мы как раз были в офисе адвоката Фейгельмана. Думаю, Эдуард Александрович и все его сотрудники этот факт подтвердят. Как и факт неспровоцированного нападения сидевших в «Мерседесе» двоих сотрудников вашего банка на моего помощника. Я сам находился в нескольких метрах от случившегося и видел все собственными глазами.

— Как хорошо, что вы мне все объяснили, — обрадовался Гоффман, — теперь я понимаю, как мы были не правы. Мы готовы оплатить лечение господина Кружкова и принести свои официальные извинения.

— Вы знаете, как его страшно избили? Боюсь, что лечиться он будет долго. Ваши сотрудники искалечили нашего человека.

— Не нужно преувеличивать. У него просто

разбита губа. Говорят, что он нанес удар головой и вполне мог повредить губу во время этого удара.

— Господин Гоффман, — нежно произнес Дронго, — вас там не было, а я стоял рядом. Господин Кружков был примерно на голову ниже своих нападавших. Он обладает субтильной внешностью и никогда в жизни ни с кем не дрался. Достаточно посмотреть на ваших отъевшихся сотрудников и на моего помощника, чтобы любой судья все сразу понял.

— Вы хотите передать дело в суд?

— Мы пока думаем. Но завтра в суде мы обязательно предъявим наши доказательства вашего неоправданного давления на противную сторону.

— Поэтому я вам и позвонил. Может, мы сумеем договориться и избежать ненужного развития этого дела?

— Каким образом? Вы отзовете свой иск? — поинтересовался Дронго.

— Ни в коем случае. Надеюсь, что разбитая губа вашего помощника не стоит пяти с половиной миллионов долларов. Это была бы слишком большая цена за такое увечье.

— Это как сказать. Я, например, оценил бы свое разбитое лицо именно в такую сумму. А во сколько оцениваете свое лицо вы, господин Гоффман?

— Я не страдаю манией величия, — ловко парировал банкир, — но полагаю, что небольшой штраф мог бы уладить все наши разногласия. И учтите, что завтра мы все равно постараемся доказать неплатежеспособность компании «Ростан» и добиться возмещения нашего кредита.

— Речь могла бы идти о реструктуризации долга.

— Ни в коем случае. Они уже фактически банкроты, а выбрасывать такую гигантскую сумму на ветер мы просто не имеем права.

— Вы приперли их к стене. Они могли бы закончить строительство завода...

— Вы прекрасно знаете, что они уже не способны на подобное. Капитализация их компании еще два года назад составляла больше двадцати миллионов долларов. Сейчас вся эта компания вообще ничего не стоит. И мы не намерены терять столь большую сумму, занимаясь непонятной благотворительностью.

— В таком случае завтра мы покажем, как именно вы пользовались своими методами. Очень жаль, господин Гоффман, но у нас нет другого выхода.

— Вы все равно проиграете, — убежденно

сказал Гоффман, – и вам не поможет, даже если до завтрашнего утра наших сотрудников обвинят в поджоге Кремля или взрыве Большого театра. В этом судебном процессе у компании «Ростан» нет ни единого шанса. Они фактически банкроты, и только глупое упрямство Вахтанга Михайловича, не желающего признавать существующие реалии, не дает этому процессу нормально завершиться.

– Спасибо за звонок, – сказал на прощание Дронго, – надеюсь, что я смогу спокойно отдохнуть у себя дома и меня никто больше не станет беспокоить.

– Конечно. Мы сделали надлежащие выводы. Вы опасный человек, господин Дронго, и наши сотрудники будут теперь обходить вас за сто метров. Всего хорошего.

– До свидания, – он положил трубку и тяжело вздохнул. Похоже, позиции у банка почти железобетонные, и они надеются получить завтра подтверждение своего иска в суде.

Глава 12

Ближе к вечеру приехал Вейдеманис. Он рассказал о том, как в милиции пытались оформить протокол о хулиганском поведении двух сотрудников службы безопасности банка КТБ. Но неожиданно появился адвокат Плавник с целой группой поддержки, и все сразу поменялось. Адвокат быстро выяснил, что у Кружкова не было доверенности на вождение машины Вейдеманиса, а значит, за рулем он сидел незаконно. Эдгар догадался сказать, что стоял недалеко от места происшествия, но в протокол по требованию адвоката уже занесли факт нарушения Кружковым правил дорожной безопасности.

Плавник был мастером своего дела. Он легко обыграл ситуацию, доказав, что не имеющий права водить чужую машину Леонид Кружков сел за руль и выезжал на дорогу, создавая аварийную ситуацию и угрозу жизни сидевшим в «Мерседесе» пассажирам. Пассажиры, естественно, возмутились и, выйдя из автомобиля, начали требовать у Кружкова остановиться, чтобы не столкнуться с его машиной лоб в лоб. Кружков отвечал нецензурной бранью и отказался подчиниться. Когда пассажиры «Мерседеса» попытались его урезонить, Кружков позвал на помощь стоявших рядом двоих мужчин, один из которых, очевидно, бывший спортсмен, боксёр или самбист, позже исчез, а второй — Эдгар Вейдеманис, лишь недавно получивший российское гражданство бывший гражданин Латвии, затем долгие годы не имевший гражданства. Хорошо еще, что Плавник не стал уточнять, кем именно раньше работал Вейдеманис, иначе это обстоятельство он тоже внес бы в протокол.

И пока Гоффман пытался убедить Дронго не предъявлять завтра милицейский протокол о нападении, адвокат Плавник сделал все, чтобы выхолостить из протокола его суть. Теперь дело о хулиганском нападении сотрудников банка выглядело как обычный дорожный инцидент с применением нецензурной лексики и нескольких ударов друг друга. Причем оба нападавших были отправлены в больницу и вернулись оттуда со справками, подтверждавшими наличие у них многочисленных побоев. Словно их обрабатывал целый взвод спецназовцев в течение нескольких часов.

Эдгар рассказывал об этом не без восхищения творческой энергией Иосифа Борисовича Плавника, который сумел все так провернуть, сделав из безнадежного протокола вполне удобный и легко опровергаемый протокол.

— У тебя все? — мрачно осведомился Дронго, когда Вейдеманис закончил свой рассказ.

— Почти все. Мы тоже заехали в больницу. Синяк на скуле уже завтра не будет так заметен, а разбитая губа заживет. Врач считает, что ничего опасного нет, хотя справку о легких телесных повреждениях дал.

— А у них, значит, тяжелые? — нахмурился Дронго.

— Написано, что средней тяжести. Я тебе скажу, что этот адвокат просто молодец. Сумел все так опрокинуть. Мне и в голову не могло прийти, что он потребует права Кружкова и доверенность на машину.

— Тебе нет, а мне да. Я обязан был предусмотреть и этот вариант. Не забывай, что я профессиональный юрист. Значит, плохой юрист, если Плавник сумел меня так легко обыграть.

— Ты адвокатом не работаешь, — возразил Эдгар, — у тебя другая специфика. Пусть Плавник раскроет несколько преступлений, и я посмотрю, как это у него получится.

— Ты меня не успокаивай. Я обязан был просчитать все варианты до конца. И потом, у выпускников юридических факультетов университетов не бывает специфики, разделяющей их на адвокатов, следователей или судей. Все они называются юристами. Это в юридических школах и институтах есть такие специальности, а человек, получивший университетское образование, обязан знать элементарные вещи. Ничего, в следующий раз буду умнее.

– Судебный процесс начнется завтра, – сообщил Вейдеманис, – я отменил твой билет в Нижний Новгород. Перенес на завтрашний вечер.

– Правильно сделал. Завтра я пойду в суд. В общем, сегодняшний день мы вчистую проиграли господину Плавнику. И, судя по всему, завтрашний день тоже не обещает ничего хорошего. Боюсь, что Плавник переиграет Фейгельмана и сумеет убедить суд в вынесении решения о признании искового заявления банка.

– Я тоже так думаю, – кивнул Эдгар, – у них сильная позиция и феноменальный адвокат.

– И ничего хорошего на сегодняшний день. Маргариту Кярвалис мы упустили, про странное поведение двоюродного брата Сутеева ничего не узнали, с адвокатом просто пролетели мимо, напрасно подставили Леонида Кружкова и не нашли Ларису Кирилловну, телефон которой так и не включился. В общем, крах по всем направлениям.

– Все не так плохо, – загадочно сказал Вейдеманис, – я сумел найти номер городского телефона вдовы Сутеева. Взял его в приемной у Фейгельмана. Можешь сам позвонить Ларисе Кирилловне по городскому номеру. Я подумал, что у секретаря Фейгельмана должны быть городские номера обоих совладельцев компании.

— Молодец, — обрадовался Дронго, — кажется, это первая радостная весть за сегодняшний день.

Он набрал номер городского телефона вдовы Сутеева. Довольно долго ждал, наконец ему ответили.

— Алло. Говорите.

— Добрый вечер, — торопливо начал Дронго, — простите, что беспокою вас после такого горя, но я просто вынужден вам позвонить.

— Кто это говорит?

— Меня обычно называют Дронго. Я частный эксперт...

Она не захотела его слушать.

— Господин Дронго, я сейчас в таком состоянии, что не могу разговаривать даже с частным экспертом. Я понимаю, что вы занимаетесь розысками преступника, убившего моего мужа, но я не имею к этому никакого отношения. И прошу вас больше нам никогда не звонить...

— Подождите! — крикнул Дронго, понимая, что сейчас она отключится и больше не станет брать даже трубку городского телефона. — Я звоню вам не по этому поводу. Завтра будет суд. Вы слышите меня? Завтра состоится суд, который может удовлетворить исковое заявление кредиторов компании «Ростан». А солидарный ответчик по этому иску ваша семья, как наследники Николая Евгеньевича. Вы и ваша дочь. Неужели вам так безразлично будущее вашей дочери?

— Что вы хотите? — устало спросила она.

— Только встретиться с вами и переговорить. Поймите, что ситуация очень тревожная. Суд может признать исковые требования и назначить арест на ваше имущество. Неужели и это вас не волнует?

— Я не совсем понимаю, о чем вы говорите, — сказала она после недолгого молчания, — но если вы так настаиваете...

— Очень настаиваю. Мне обязательно нужно с вами увидеться.

— Хорошо. Вы знаете, где мы живем?

— Конечно.

— Я предупрежу внизу консьержа. Приезжайте примерно через час. Но учтите, что я могу уделить вам не больше десяти минут. Уже достаточно поздно, и я не собираюсь долго разговаривать с вами.

— Безусловно, — заверил ее Дронго, — только у меня к вам одна большая просьба.

— Какая просьба?

— Не говорите никому о моем визите. Постарайтесь просто никому не говорить. Поверьте, что я действую в ваших интересах. Вы можете дать мне слово, что не станете никому говорить?

— Я постараюсь никому ничего не говорить, — сказала Лариса Кирилловна.

— Спасибо. Значит, ровно через час я буду в вашем доме. До свидания.

— До свидания. — Она положила трубку.

— Собирайся, — сказал Дронго своему другу, — я думаю, что наблюдение за моим домом уже сняли. Поедем в гости к вдове. Только учти, что тебе придется остаться внизу, в салоне машины. Она не станет откровенничать со мной при посторонних.

— Это я уже понял, — кивнул Вейдеманис.

На проспект Академика Сахарова они приехали минут через сорок пять. Им пришлось еще немного подождать в машине, чтобы Дронго не появился в доме раньше назначенного времени. Ровно через час он вошел в подъезд, пояснив консьержу, что поднимается к Сутеевым. Консьерж, уже предупрежденный о появлении гостя, разрешил ему пройти.

На четвертом этаже Дронго вышел из кабины лифта и подошел к квартире, где висела табличка «Сутеев Н. Е.». Взглянув на табличку, он грустно усмехнулся, позвонил в дверь. Примерно через минуту дверь открылась. На пороге стояла высокая красивая женщина. Собранные большим узлом волосы, тяжелые темные круги под глазами, потухшее лицо. Было заметно, как сильно она переживает потрясение последних дней. На женщине полностью отсутствовала косметика.

— Здравствуйте, — сильным голосом произнесла Лариса Кирилловна. — Вы тот самый эксперт?

— Да.

— Входите, — она посторонилась, пропуская его в квартиру. — Идемте на кухню, у меня беспорядок в гостиной.

— Конечно, — согласился он, — я сниму обувь.

— Как хотите. Тапочки рядом. Они, наверное, будут вам малы.

Дронго снял обувь, попытался надеть тапочки. Сорок первый размер явно не подходил на его ноги сорок шестого. Он оставил тапочки и в носках прошел по коридору на кухню.

Она прошла следом, села за небольшой столик. Он разместился напротив. Женщина настороженно взглянула на него

— Что конкретно вам нужно?

— Примите мои соболезнования.

— Вы это уже говорили.

— Да, конечно. Вы знаете, что ваш муж и господин Чагунава были совладельцами компании «Ростан»?

— Конечно, знаю. Не забывайте, что мы поженились уже достаточно давно.

— У них были большие проблемы с кредиторами, — напомнил Дронго.

— Вы пришли, чтобы рассказать мне о финансовой деятельности компании? — поинтересовалась она, чуть поморщившись.

— Нет, — ответил Дронго, — я пришел, чтобы рассказать вам о предстоящем судебном процессе. Дело в том, что они должны большую сумму двум банкам. Один банк не будет настаивать на жестком возвращении долгов, но второй, находящийся в отчаянном положении, требует немедленного возврата всех долгов с процентами и готов сделать все, чтобы их исковое требование удовлетворили.

— Я об этом слышала.

— У них очень опытный адвокат, — продолжал Дронго, — Иосиф Борисович Плавник. Если завтра суд вынесет решение о признании искового заявления, то солидарную ответственность возложат на двух совладельцев компании. Вы понимаете, что это означает?

— Да, — кивнула она.

— Это означает, что вам нужно будет выплатить около двух с половиной миллионов долларов, — продолжал Дронго. — У вас есть такие деньги? Вы сможете заплатить?

— Не понимаю, зачем вы приехали, — сказала она, сверкнув глазами, — узнать, есть у меня деньги или нет? По-моему, вы должны расследовать убийство Николая Евгеньевича, а не задавать мне подобные вопросы. Все, что вы мне сейчас рассказали, вы уже говорили по телефону. Не обязательно было сюда приезжать. Я не имела к финансовым делам мужа никакого отношения и ничего не понимаю в этих вопросах.

— Вы никого не подозреваете в его убийстве?

— Нет. У нас не могло быть подобных знакомых. Конечно, никого.

— Я могу узнать, почему вы разошлись?

— Нет, не можете. Это было наше решение. У вас больше нет вопросов?

Она была закрыта для общения и не хотела отвечать ни на какие вопросы. Он понимал, что ему не удастся вызвать ее на откровенность. Кажется, с такой ситуацией он никогда не сталкивался. В подобных случаях вдовы пытаются найти собеседника, рассказать о своем горе, попытаться помочь в расследовании.

— Что вы будете делать, если завтра решение суда будет не в вашу пользу?

— Не знаю. Мне не хочется об этом думать.

— Меня попросил о помощи Дмитрий Романович Сутеев, — сообщил Дронго, — вы можете хотя бы сказать мне, какие у вас с ним отношения?

Она нахмурилась, очевидно задумавшись. Затем взглянула на гостя.

— Нормальные, — сказала она с некоторой запинкой.

Он уловил это незаметное колебание в ее голосе.

— А другие родственники? Вы их знали?

— Некоторых знала.

— Дмитрий Романович в последнее время ни о чем вас не просил? — уточнил Дронго.

Она замолчала. Затем неожиданно произнесла:

— Давайте закончим наш разговор. Вы обещали мне не больше десяти минут.

— Вы не ответили на мой вопрос.

— Значит, не хочу отвечать, — жестко отрезала Лариса Кирилловна. — У вас все?

— Да, теперь все.

Он поднялся, прошел в прихожую. Наклонился, чтобы надеть обувь. Повернулся к хозяйке:

— У вас есть рожок?

— С другой стороны полки, — показала она.

Ей не обязательно знать, что он никогда не надевает обувь с помощью рожка. Он потянулся к рожку, увидел часть гостиной. На комоде лежал большой портрет погибшего. Дронго надел обувь, повесил рожок на место.

— Извините, что я вас побеспокоил, — сказал он, открывая дверь.

— Подождите, — раздалось за его спиной. Он обернулся.

— Я хочу, чтобы вы поняли мое состояние, — сказала не очень уверенно Лариса Кирилловна, — и не нужно на меня обижаться. Я понимаю, что вы огорчены, но не нужно за нас переживать. Я думаю, мы как-нибудь выкарабкаемся. И извините меня, что я так вас приняла. Мне совсем не хочется долго говорить на подобные темы.

— Я вас понимаю. До свидания.

— До свидания.

Она мягко закрыла дверь. Век живи — век учись, хмыкнул Дронго. Что ему думать об этой женщине? Она в тридцать лет выходит за Сутеева замуж, имея сына. Рожает ему дочь, у них большая любовь, а потом она от него уходит. Даже не уходит, а выставляет его из дома, занимая их новую квартиру. На его похоронах она просто потрясает всех своим горем. Потом отказывается говорить с экспертом, который расследует убийство ее мужа. Держит в гостиной большой портрет своего погибшего супруга и не хочет о нем говорить, чтобы помочь эксперту. Такое ощущение, что она соткана из невероятных противоречий.

Он вышел из подъезда, пересек двор и оказался на улице, где его уже ждал Эдгар Вейдеманис. Машина мягко подъехала. Дронго влез в салон автомобиля.

— Так быстро? — удивился Эдгар.

— Она не захотела со мной разговаривать.

— Ничего не сказала?

— Абсолютно ничего. Такое ощущение, что она просто боится произнести лишнее слово.

— Ты объяснил ей, что завтра будет суд?

— Все объяснил. И про Плавника сказал, и про банк КТБ. Рассказал, что у них могут быть большие неприятности, их заставят платить эти два с половиной миллиона долларов. Но ее, похоже, не волнуют такие проблемы.

— Ее можно понять. Она потеряла мужа, и сейчас финансовые проблемы ее не очень волнуют.

— Наоборот. Судя по всему, она женщина

достаточно умная, и именно сейчас ее более всего на свете должны волновать финансовые проблемы семьи. Не забывай, что у нее на содержании есть старший сын и малолетняя дочь. Ей нужно думать об их будущем, а как она сможет их поднимать, если у нее все отнимут и даже выселят из собственной кватиры? Нам еще нужно узнать, какие отношения были у Сутеева с его пасынком. Возможно, они не ладили друг с другом. Эту версию мы пока не отрабатывали.

– Старый пистолет «ТТ», – задумался Вейдеманис, – и только один выстрел, возможно, случайный. Мы оба подумали об одном и том же?

– Пока не знаю. Но мальчику уже шестнадцать лет. Не всем молодым людям нравятся новые мужья их мам. И учти, что они почему-то не жили вместе. А она ушла от своего мужа. Может, он решил таким необычным образом отомстить обидчику своей матери.

– Придется проверять и эту версию, – согласился Эдгар.

– Я сейчас вспомнил одну давнюю историю, – сказал Дронго, – там мальчик с ужасом рассказывал, что почти каждую ночь его отец приходит в спальню к его матери, где они вместе спали. Мать спала с сыновьями, они жили в обычной хрущевской двушке, мать с детьми спала в спальне, а отец на диване в столовой. И каждую ночь он приходил к матери, выдергивал ее из постели и забирал на свой диван. Можешь представить себе состояние мальчика, который слышал их разговоры и звуки из столовой?

— По-моему, через этот шок проходят все мальчики, которые постепенно начинают осознавать себя взрослыми, — задумчиво сказал Вейдеманис. — Неожиданно начинаешь понимать, что твой собственный отец выступает в роли насильника твоей матери. Хорошо, если поймешь, что ничего плохого в этом нет. А если не поймешь? Говорят, сексуальные маньяки и психопаты рождаются именно на почве неприятия собственного отца или испуга перед его физическим насилием.

— Это атавизм, который сидит в подсознании, — добавил Дронго, — ведь сильный отец изгоняет из своего прайда или стада своего повзрослевшего сына, видя в нем конкурента. Миллионы лет так было у животных, миллионы лет так было у наших предков. Потом подобная практика перенеслась уже в так называемую цивилизованную эпоху, когда сын убивал своего отца, чтобы занять его место на троне, получить его деньги, его власть.

— Тогда получается, что все сыновья подсознательно боятся своих отцов.

— Возможно, на раннем этапе. Потом начинаешь осознавать, какое место в жизни подростка играет отец. С годами это ощущение силы и стабильности только укрепляет любого подростка. Говорят, что отношения сына с отцом — это немного отношения человека с богом. Возможно, так и есть. У девочек это бывает немного иначе. Они тоже проходят через этапы влюбленности в отцов и неприятие матерей, но у них нет таких сильных эмоций, как у мальчиков, — сказал Дронго, — и вообще нужно больше читать Фрейда и Юнга. А нам нужно прекратить философствовать по этому поводу и проверить, где живет сын Ларисы Кирилловны. Интересно, что она не пустила меня в гостиную, где находится большой портрет ее погибшего мужа.

— Не хотела, чтобы ты его увидел, — понял Эдгар.

— Вот именно. И насчет Дмитрия Романовича не все ясно. Она с ним явно разговаривала, но не стала мне ничего сообщать. Вот такие у нас дела. Поехали домой. Значит, сегодняшний день мы все-таки полностью проиграли. По всем статьям. И завтра не обещает нам ничего хорошего.

— Думаешь, завтрашний суд компания «Ростан» проиграет?

— Почти убежден, — печально ответил Дронго, — и это тот самый случай, когда мы ничем не можем помочь. Если у них нет подходящего козыря в рукаве, на что намекал мне Эдуард Александрович.

Глава 13

Утром он проснулся раньше обычного. Долго лежал в кровати, глядя в потолок, пытаясь проанализировать все происшедшее. Он понимал, что его волнуют какие-то моменты, имевшие место за последние сутки, и пытался понять источник своего беспокойства. Приняв душ и побрившись, он уселся за свой компьютер, чтобы получить более полную информацию о банке КТБ. Затем снова просмотрел всю информацию по компании «Ростан». В десять часов утра, вызвав свою машину, на которой были новые покрышки, он поехал на Покровку в адвокатскую контору Фейгельмана, чтобы показать ему свой куцый протокол.

Фейгельман был уже с раннего утра в своем кабинете. Просмотрев протокол, он изумленно взглянул на Дронго.

— По этому протоколу во всем виноват ваш помощник, — недовольно произнес он, — вы разве не поняли, что здесь написано? Не имея права на вождение чужого автомобиля, господин Кружков сел за руль машины и попытался выехать со стоянки, создавая угрозу движению по улице, когда был остановлен сотрудниками службы безопасности банка КТБ, в чью машину он едва не врезался. И происшедший между ними спор можно расценить как обычный спор между двумя автомобилистами, а совсем не как нападение этих людей на вашего помощника. Такой протокол нам не поможет.

— Знаю, — кивнул Дронго, — дело в том, что в милицию вчера вызвали Иосифа Борисовича, который лично занимался составлением этого протокола.

— Тогда все понятно, — усмехнулся Фейгельман, возвращая протокол, — мой коллега слишком опытный адвокат, чтобы позволить своим оппонентам иметь такой козырь на руках. Можете забрать свой протокол, нам он никак не поможет. Только навредит.

— Я все понимаю, — согласился Дронго, — мы недооценили оперативную хватку вашего оппонента. Можно, сегодня я поеду вместе с вами на заседание суда?

– Думаю, что можно. Но учтите, вы должны сидеть там тихо, как мышка. Я представлю вас как своего помощника. Поэтому сидите спокойно и не вмешивайтесь в ход судебного заседания. Надеюсь, нам удастся хотя бы отложить вынесение решения по исковому заявлению банка КТБ. Дело в том, что их коллеги из «Альфа-банка» занимают не такую непримирую позицию, как эти ребята.

– Вы видели последнюю информацию о состоянии российских банков, – сказал Дронго, – она есть в Интернете. В аналитическом обзоре. Согласно этому документу, «Альфа-банк» попал в число банков, которым оказывается государственная помощь из бюджетных средств, тогда как банку КТБ в такой помощи отказано. Когда тебе подставляет плечо государство, можно не настаивать на немедленном возвращении долга, а когда у вас положение почти на грани банкротства, каждый миллион долларов имеет очень важное значение. Я думаю, Плавник сегодня будет биться как лев. У него задача получить решение суда и взыскать с ответчика исковую сумму.

– Я тоже так думаю, – согласился Эдуард Александрович, – и у меня вызывает большие сомнения позиция самой компании «Ростан».

Дело даже не в убийстве Сутеева. Дело в том, что они фактически заморозили строительство завода, под который были взяты кредиты, а это означает, что нет никаких гарантий, что в будущем они сумеют вернуть эти деньги. И моя, почти невыполнимая, задача как раз и заключается в том, чтобы попытаться убедить суд в возможности дальнейшего строительства завода.

— Вы же прекрасно знаете, что в «Ростане» больше нет денег.

— Знаю. Но должен убедить суд в обратном. В конце концов, банкиры из КТБ тоже поступают не совсем этично. Понимая, что компания умирает, они ее просто добивают. Так нельзя. Нужно помочь компании преодолеть кризис, а не топить ее менеджеров подобными исками.

— Проклятый капитализм, — пошутил Дронго, — здесь каждый сам за себя.

— Да, — согласился Фейгельман, — в наших условиях дикого капитализма возможно все, что угодно. Давайте собираться. Нам нельзя опаздывать, а по городу могут быть обычные пробки.

Они выехали в автомобиле адвоката, направляясь в арбитражный суд. Хозяйственные споры между субъектами хозяйственного права обычно решал арбитражный суд. Если в советские времена это были споры между двумя государственными предприятиями, которые решались по принципу «целесообразности принятия решений» и «телефонному праву», то в иные времена все кардинально поменялось. Обычно судьи в уголовных процессах могли рассчитывать на определенную мзду, чтобы проявить благосклонность к тому или иному преступнику, снизить меру наказания или ограничиться условным сроком. В хозяйственных спорах, когда собственником во всех случаях выступало государство, арбитражные суды считались чем-то вроде третейских судей, на которых никто всерьез не обращал внимания, ведь речь шла о перекладывании бюджетных денег из одного кармана в другой, от одного государственного предприятия к другому. Все изменилось в девяностые годы, когда арбитражный суд начал проводить слушания по искам частных предприятий, где не только истцом, но и ответчиком могла быть частная фирма или компания, принадлежащая конкретным лицам. А это уже были очень конкретные и всегда большие деньги. Именно поэтому роль арбитражного суда существенно выросла именно в девяностые годы, взятки в этих судах начали исчисляться сотнями тысяч и даже миллионами, а сама профессия стала чрезвычайно престижной.

Теперь выносимые решения затрагивали личные имущественные интересы олигархов, очень богатых нуворишей и просто обеспеченных людей, которые были готовы на любые условия, чтобы не проиграть процесс, не теряя, соответственно, больших денег. В этих условиях практиковались незаконные решения, лишенные всякой логики, грубые нарушения процессуальных норм, даже подделка документов для их последующего утверждения. Началась эра дикой приватизации и капитализации некогда самой большой страны в мире, в течение считаных месяцев создавались неслыханные богатства и разорялись целые города и области, теряя прибыльные предприятия, переходившие в частные руки.

Самые массовые и невероятные нарушения происходили именно в арбитражных судах по всей территории бывшего Советского Союза, почти во всех республиках. Сказывалось несовершенство хозяйственного законодательства, часто не успевающего за реалиями жизни, возникновение частных интересов, которых не могло быть в развалившемся государстве, и массовая коррупция среди судей, все еще получавших нищенскую зарплату. Одно «правильное» решение могло позволить судье безбедно жить всю оставшуюся жизнь, и очень немногие в таких условиях могли противостоять этим соблазнам. В результате приватизация предприятий сопровождалась не только бандитскими переделами, мошенничеством управляющего персонала, придуманными ваучерами, которые становились откровенной фикцией, но и решениями судов, которые юридически оформляли откровенный произвол и беззаконие.

Если прибавить к этому политические потрясения по всей территории одной шестой суши, частую смену режимов и элит, которые существовали в постсоветских республиках, откровенное воровство и грабеж собственных народов, массовое присвоение самых прибыльных и рентабельных предприятий, то становится понятным, почему в девяностые годы передел собственности сопровождался таким всплеском воровства, коррупции, бандитизма и политического террора. Речь в каждом случае шла о переделе сфер влияния и об очень больших деньгах.

В коридоре Дронго увидел запоминающееся лицо Плавника. Мэтру было под шестьдесят, у него была большая лысина, подвижное лицо, короткая бородка с усами. Он был одет в светло-голубой костюм и привычно любезен, здороваясь с Фейгельманом. Со стороны могло показаться, что два почтенных мэтра делятся дружескими воспоминаниями.

Со стороны истца приехали не только адвокаты, но и представители банков, еще несколько помощников и свидетелей. Со стороны ответчиков появились только Вахтанг Михайлович Чагунава и главный бухгалтер компании Антонина Алексеевна Подрез. Ровно в полдень их пригласили в зал. Судебный процесс начался с привычной волокиты, когда проверялись полномочия сторон и документы, представленные истцом и ответчиком.

В зале было немного людей, человек десять или пятнадцать. Дронго обратил внимание на сидевшую в первом ряду женщину. Ей было лет сорок пять. Красиво уложенные темно-каштановые волосы были коротко острижены. Приятный профиль лица, карие глаза. Подтянутая фигура, наверняка следит за собой; судя по ногам, у нее накачанные мышцы, не пропускает фитнес-залов. Одета в строгий серый костюм. Он оценил и ее часы с двумя рядами мелких бриллиантов на руке, и ее сумочку, которую она положила на свободное кресло рядом с собой. Такие стеганые сумочки производила одна очень известная французская фирма. Не обязательно было даже смотреть на логотип, чтобы узнать, какая именно фирма выпускала подобные сумки. Странно, что эта женщина приехала в арбитражный суд и присутствует на судебном заседании, подумал Дронго. Женщина повернула голову и взглянула на него. Он увидел, как она вздрогнула. Он не мог ошибиться, она именно вздрогнула. Затем быстро отвела глаза. Через несколько секунд она снова посмотрела на него.

Он готов был поклясться, что уже видел эту женщину раньше, в прошлой жизни, в ушедшем веке. Сколько ей сейчас? Под пятьдесят. Или чуть меньше. Когда они могли видеться? Обычно память его не подводила. Но он не мог вспомнить эту симпатичную зрелую женщину в таком элегантном сером костюме-двойке, которая бросала на него взгляды. В этих взглядах было нечто непонятное. Какое-то любопытство, смешанное с иронией, с узнаванием старого друга. Так обычно смотрят на бывшего любовника, с которым не виделись лет двадцать. Но с этой женщиной у него никогда и ничего не было, в этом он был уверен. Нужно дождаться, когда судья будет проверять присутствующих в зале, чтобы вспомнить ее. Судья начала перечислять всех, принимавших участие в процессе, но имя женщины не упомянула. С другой стороны, Дронго заметил, с каким уважением относятся к этой даме все участники процесса. Он наклонился к Вахтангу Михайловичу.

— Вы не знаете, кто эта женщина? Которая сидит в первом ряду.

— Конечно, знаю, — недовольно ответил Чагунава, — это Юна Миланич, вице-президент банка КТБ. Странно, что она лично приехала на процесс. Обычно она здесь не появлялась. Говорят, у нее есть акции банка, я точно не знаю. Но она их вице-президент по связям с общественностью и еще что-то такое. Менеджмент, пресс-служба, зарубежные связи.

— А зачем она пришла?

— Не знаю. Вы обратили внимание, что она все время смотрит в нашу сторону?

— Конечно. Вы с ней знакомы?

— Немного. Но она самый безжалостный переговорщик из всех, кто там есть. Абсолютно беспощадная особа, с которой лучше не связываться. Я думаю, и сейчас она смотрит на нас, прикидывая, как нас лучше съесть.

— А мне показалось, что вы ей нравитесь.

— Значит, она хочет съесть понравившееся ей блюдо, — пошутил Вахтанг Михайлович. — Красивая женщина, но очень жестокая.

— Она замужем?

— Какой мужчина выдержит рядом с ней? Говорят, двое мужчин уже сбежали от нее.

«Странно, — подумал Дронго, — это имя мне ничего не говорит. Я его никогда не слышал. Юна Миланич. Нет, абсолютно точно никогда не слышал этого имени». Тогда почему ему кажется, что они были знакомы, почему в облике этой женщины проступают какие-то знакомые черты?

Судья начала слушание сторон. Первым выступал адвокат «Альфа-банка». Его претензии сводились к своевременной выплате процентов по вкладам и возможности гарантий выданного кредита. Он выступал достаточно спокойно, не педалируя возможности компании «Ростан» и считая, что они сами могут определиться с исполнением всех заключенных договоров. Его речь была юридически выверенной, но спокойной и сдержанной. Когда он закончил и сел на место, Плавник демонстративно покачал головой.

— Кажется, пока все идет неплохо? — спросил Дронго у Эдуарда Александровича.

— Это только пока, — возразил Фейгельман, — еще не выступал Иосиф Борисович. Посмотрим, что он скажет.

Плавник поднялся со своего места. Он был не просто хорошим адвокатом, он был выдающимся профессионалом. Это подразумевало не только отличное знание всех материалов дела, но и умение выступать, ораторское мастерство, логически безупречно выстроенную систему нападения или защиты и, наконец, магию его имени, завораживающе действующую на оппонентов и судей. Иосиф Борисович начал говорить. Он с прискорбием сообщил о начавшемся кризисе, который поразил не только банковскую систему России, но и всю финансовую систему делового мира. Он рассказывал о падении цен на нефть и газ, о девальвации рубля, о трудностях, переживаемых российской экономикой...

— Он просто выбивает у меня все аргументы, — тяжело вздохнул Фейгельман, — послушайте, что он говорит.

Плавник продолжал свою речь. Конечно, кризис затронул и такое предприятие, как компания «Ростан». Они всегда были исполнительными кредиторами, стараясь возвращать деньги вовремя. Но события последнего года можно трактовать как абсолютный форс-мажор, особенно девальвацию рубля и резкий спад строительства жилых домов в Москве, что сказалось на деятельности «Ростана», поставлявшего металлоконструкции для строительства новых домов. Естественно, что в подобных условиях была остановлена не только деятельность «Ростана», но и строительство завода, на который были взяты кредиты. Строительство было остановлено, и теперь завод даже не законсервирован. Плавник эффектно достал большие фотографии, попросив приобщить их к решению суда, и передал фотографии на рассмотрение судьи.

— Но ведь у компании «Ростан» есть еще время на выплату всего кредита, — уточнила судья. Это была миловидная женщина лет сорока. Она внимательно слушала аргументы сторон.

— К сожалению, нет, — сразу ответил Плавник, — вот финансовые документы их отчетности. Они завершили второй квартал с большими убытками. Практически полностью сокращен персонал с почти полутора тысяч до ста пятидесяти человек. И, по нашим сведениям, это еще не предел. Они сумели расплатиться с зарубежными кредиторами и реструктуризировать там свои долги. Однако мы не видим никакой возможности компании «Ростан» в будущем выплатить нам нашу сумму кредита. Возможен только один вариант — банкротство компании с последующей ликвидацией и распродажей всех ее активов, с тем чтобы покрыть эти долги.

— Какое банкротство? — не выдержав, крикнул Вахтанг Михайлович. – Мы еще работаем, мы еще не умерли.

– Господин Чагунава, если вы еще раз позволите себе перебить адвоката истца, я потребую, чтобы вы покинули зал судебного заседания, – пригрозила судья.

Чагунава заерзал на месте, бормоча грузинские ругательства.

– У вас все? – уточнила судья, обращаясь к Иосифу Борисовичу.

– Нет, не все, – ответил Плавник. – Согласно учредительным документам компании «Ростан», ее создавали два совладельца – господин Чагунава и господин Сутеев. К огромному сожалению, произошла трагедия, господин Сутеев стал жертвой неизвестных грабителей и погиб на пороге своей квартиры. Мы выражаем искреннее соболезнование вдове погибшего, его семье и всей компании «Ростан». Однако по действующему законодательству именно собственники предприятия отвечают по его долгам. Господин Чагунава находится в этом зале, и мы слышали несколько минут назад его зычный голос. Но господин Сутеев не сможет появиться здесь ни при каких обстоятельствах. Однако у него остались наследники первой очереди – его супруга и малолетняя дочь. Чтобы обеспечить гарантированное возвращение нашего кредита, мы просим суд вынести решение о наложении ареста на все имущество, оставшееся после смерти господина Сутеева. И мы не уверены, что стоимость этого имущества может покрыть солидарный долг обоих совладельцев компании.

— Какой негодяй, — не выдержал Чагунава, обращаясь к Дронго и Фейгельману, — хочет отнять у вдовы все ее деньги.

— Он хочет гарантировать возвращение своего кредита, — возразил Дронго. — Говорите тише, иначе вас действительно отсюда выведут.

Юна Миланич снова посмотрела на них. Нет, он не ошибается. Она смотрела не на них. Она смотрела на него. С интересом и любопытством. Может, ей рассказали о вчерашней драке, и теперь ей просто интересно посмотреть на человека, сумевшего противостоять двум сотрудникам их службы безопасности? Нет, это глупости. Для этого ей не стоило здесь появляться. Тогда почему? Кто она такая? Почему у него такое ощущение, что они раньше встречались?

— Мы просим суд вынести решение об обеспечении нашего искового заявления, — продолжал Плавник, — мы считаем, что в нынешних нестабильных условиях банк имеет право требовать наложение ареста на имущество должников с целью возможного возврата нашего долга.

– Это ваша позиция? – уточнила судья.

– Да, безусловно. В противном случае мы просто потеряем наши деньги, когда компания будет объявлена банкротом. А в нынешних сложных экономических условиях банк не может себе позволить потерять столько миллионов долларов.

Судья кивнула, разрешая Плавнику сесть. Взглянула на часы.

– Мы работаем до двух тридцати, а потом объявим получасовой перерыв, – сообщила она, – поэтому представитель ответчика имеет сорок минут. Вы уложитесь?

– Постараюсь, – ответил Фейгельман. Он поднялся с целой папкой документов, раскладывая их на трибуне для выступающих.

Эдуард Александрович начал с предъявления договора, согласно которому сроки выплаты кредитов еще не подошли. Он соглашался со своим уважаемым оппонентом, что происшедшую в конце прошлого года девальвацию рубля можно считать форс-мажорным обстоятельством. Но именно поэтому он просил судей отложить вынесение решения по исковому заявлению банкиров.

— Вы сможете гарантировать, что весь кредит будет полностью погашен в установленный срок? — спросила судья.

— Я полагаю, что если мы дадим возможность компании «Ростан» реструктуризировать свои долги, то они будут иметь шанс на...

— Подождите, — перебила Фейгельмана судья, — я не спрашиваю об их шансах. Я спрашиваю, можете ли вы гарантировать полное погашение долга? Господин Чагунава, ответьте, пожалуйста, на этот вопрос.

— Конечно, можем, — поднялся со своего места Вахтанг Михайлович. — Если нам дадут время и немного денег, мы сможем закончить строительство завода, которое сейчас остановили. Вы же понимаете, что жилищное строительство в нашем городе все равно не остановится, несмотря ни на какой кризис.

— Можно реплику? — сразу попросил Плавник.

— Слушаю, — разрешила судья.

— Господин Чагунава просит время и деньги, — повторил Иосиф Борисович, — но боюсь, что в этих условиях уже ни один банк не даст ему деньги под его недостроенный завод. А это означает, что ни денег, ни времени у компании «Ростан» просто нет.

— Понятно. Господин Чагунава, вы можете сесть. Вы тоже можете сесть, Иосиф Борисович. А вы, господин Фейгельман, предъявите документы о текущем финансовом состоянии компании. В ней действительно осталось только десять процентов работающего персонала от прежнего состава?

— Происходит естественный процесс сокращения штатов, — попытался хоть как-то защитить свою позицию Фейгельман.

— Вы считаете, что это естественный процесс, когда увольняются сразу девяносто процентов сотрудников компании? — спросила судья.

— Не совсем естественный, но учтите нынешний кризис.

— Ясно. В компании «Ростан» есть конкретные предложения по выводу ее из столь сложного положения и выплате всех взятых ранее кредитов?

— Есть, — ответил Фейгельман, — вот документы о расчете с двумя зарубежными кредиторами. Досрочном расчете, ваша честь. Компания выплатила все долги, включая проценты. Часть долга швейцарскому банку была реструктурирована.

— Какая часть?

— Тридцать процентов на следующие пять

лет. И теперь мы обратились за новым кредитом в австрийский банк, с которым имели уже многолетние деловые связи и зарекомендовали себя как надежный и успешный партнер. Мы уже подписали предварительное соглашение, — сообщил Фейгельман, улыбаясь.

Тот самый шанс, о котором ему вчера говорил Эдуард Александрович, понял Дронго. Он увидел улыбающееся лицо Вахтанга Михайловича. Это был их козырь, который они прятали от своих кредиторов. Чагунава оказался достаточно предусмотрительным. В этих сложных условиях он сумел договориться с австрийским банком о выделении нового кредита. Но никому об этом не сказал, даже своему бухгалтеру.

— Какая сумма кредита оговорена в вашем предварительном соглашении? — уточнила судья.

— Десять миллионов долларов, — победно произнес Фейгельман, — они готовы выделить деньги уже в следующем месяце тремя траншами. Соответствующий окончательный договор будет подписан в Вене через четыре дня. Вот копия предварительного договора. Именно поэтому мы просим отложить вынесение решения суда до подписания окончательного договора с австрийским банком.

Фейгельман радостно улыбнулся. Вахтанг

Михайлович явно наслаждался ситуацией, победно глядя на всех. Антонина Алексеевна, от которой, очевидно, скрывали этот договор, даже радостно вскрикнула. Дронго несколько смущало поведение Плавника. Он спокойно сидел за столом, что-то читая, словно не слышал последних слов своего оппонента. Это было странно. Юна Миланич снова взглянула на Дронго. Она тоже особенно не волновалась. Кажется, Фейгельман и Чагунава просчитались, что-то получилось не так, как они думали.

— Вы закончили? — спросила судья. — У нас до перерыва осталось около шести минут.

— Да, ваша честь, — кивнул Фейгельман. — Я полагаю, что все понимают, насколько важные документы мы предоставили. Они резко меняют всю ситуацию с нашими кредитами.

— Не совсем, — раздался громкий голос Плавника. — Вы разрешите, ваша честь, показать вам другой документ? Это письмо из австрийского банка, о котором говорил мой уважаемый оппонент. Датировано вчерашним числом. Они рассмотрели ситуацию и решили отказаться от подписания договора с компанией «Ростан». Очевидно, австрийцы тоже считают, что их деньги уже не помогут обанкротившейся компании. Вот копия письма, ваша честь. — Иосиф Борисович передал письмо своему помощнику, который отнес его судье.

Дронго обернулся. Антонина Алексеевна снова вскрикнула. На этот раз от ужаса. На Чагунаву жалко было смотреть. Он словно постарел сразу на десять лет. Фейгельман подозрительно сморкался, тяжело дыша. Он уже понял, что проиграл сегодняшний процесс. Окончательно и бесповоротно.

Глава 14

Судья объявила получасовой перерыв. Все поднялись со своих мест. Чагунава остался сидеть на стуле, глядя перед собой невидящими глазами. К Фейгельману подошел Плавник, который позвал его на очередные переговоры. Оба адвоката ушли куда-то в коридор. Все остальные тоже вышли в коридор. Кто-то отправился курить, кто-то просто подышать воздухом. Выходя из зала, Юна Миланич снова посмотрела на Дронго и вышла, ничего не сказав. Он подошел к Вахтангу Михайловичу. Тот сидел в одиночестве. Даже Антонина Алексеевна побоялась остаться рядом с ним, чтобы ни о чем его не расспрашивать в такой сложный момент.

— Они все подстроили, — тяжело дыша, произнес Вахтанг Михайлович, – они узнали про наш предварительный договор и все подстроили. Уговорили австрийцев отказать нам в последний момент.

– Я не совсем понимаю причину их подобного поведения, – признался Дронго, – почему они так упрямо хотят вас разорить. Они могли согласиться на реструктуризацию долга. Или хотя бы подождать, пока вы получите кредит у австрийцев. Почему у них такой болезненный интерес к вашей компании? В чем причина?

– Откуда я знаю, – отмахнулся Чагунава, – сам ничего не понимаю. Мы бы и так им выплатили все деньги по частям. Зачем нужно пускать в ход такую «тяжелую артиллерию», как Иосиф Борисович? Вы знаете, сколько стоят его услуги? И все для того, чтобы описать мое имущество или имущество Коли? Не верю. Значит, у них есть другой интерес, о котором они не говорят.

– У компании есть другие активы или что-то ценное? Земля, недвижимость, здания, строения?

– Два недостроенных здания в Туле. Но это так, рабочие помещения, а не здания. Они стоят в лучшем случае по пятьдесят тысяч долларов. И наш недостроенный завод. Один из приехавших сотрудников банка КТБ сказал, что он не стоит даже дерьма коров, которые там ходят.

— И больше ничего?

— Нет. Больше нет. Мы все распродали. Нам с Колей казалось, что завод может начать приносить серьезную прибыль. Ведь мы раньше размещали наши заказы в других местах и соответственно получали деньги только на перепродаже металлоконструкций. В период бурного роста на таких перепродажах можно было зарабатывать до сорока процентов. Мы тогда посчитали и решили, что нужно строить собственный завод, тогда у нас прибыль могла быть до семидесяти процентов. Но вы видите, что получилось.

— И все-таки непонятно, почему они вас так прессингуют, — задумчиво произнес Дронго, — их наблюдение за моей машиной, их очевидный интерес ко всему, что связано с вашей компанией. Неужели вы ничего не знаете?

— Если бы знал, то давно сказал бы. Я прятал ото всех этот австрийский контракт, мы его разрабатывали втроем. Я, Коля и Эдуард Александрович. Коля туда дважды ездил, хотя в последний раз, примерно месяц назад, вернулся каким-то потухшим. Уже после подписания договора ему звонил кто-то из банка КТБ, и Николай посчитал, что они знают о нашем предварительном договоре. Но я его отговаривал, убеждал, что этого не может быть. Получается, что я дурак, а он был умный.

Чагунава махнул рукой и поднялся, доставая пачку сигарет. Дронго вышел следом за ним в коридор. Вахтанг Михайлович пошел в мужской туалет, чтобы выкурить сигарету. В самом здании уже не разрешали курить. Дронго увидел стоявшую у окна госпожу Миланич. Она смотрела куда-то вниз. Он подошел к ней и встал рядом. Она чуть повернула голову.

— Господин Дронго, — это был не вопрос, а утверждение, — я не ошиблась.

— Меня обычно так называют, — согласился он.

— Я знаю, — умехнулась она.

Эта усмешка. Неужели они были прежде знакомы? Не может быть. Он бы запомнил такое необычное имя — Юна. И фамилию Миланич. Нет, у него хорошая память. Он никогда не был знаком с Юной Миланич. Но почему тогда она кажется ему такой знакомой?

— Вы меня не узнаете? — спросила женщина.

— Мне представили вас как вице-президента банка, — сообщил Дронго, — насколько я помню, среди клиентов КТБ я не числюсь. Возможно, в другом месте и в другое время мы были знакомы...

— Более чем, — улыбнулась она, — я думала, что вы запомните меня надолго. Я вас запомнила на всю жизнь.

— Простите. Разве мы были знакомы?

— Вспомните, — настойчиво сказала она, — неужели вы действительно не можете меня вспомнить? Хотя это было достаточно давно, но я была убеждена, что вы меня узнали.

Голос, поворот головы, усмешка, ее руки. Неужели он был с ней знаком? Нет. Никогда среди его знакомых не было Юны Миланич.

— Простите, — сказал он, — наверное, уже сказывается возраст. У меня начался ранний склероз.

— Просто вы помните меня под другим именем, — пояснила она, — и с другой прической. Ведь моего настоящего имени вы тогда так и не узнали.

— С другой прической, — растерянно пробормотал Дронго, всматриваясь в женщину.

— У меня были светлые волосы под береткой, — сказала, улыбнувшись, Юна Миланич, — и тогда вы знали меня под другим именем. Совсем под другими именем, господин эксперт.

Он изумленно взглянул на нее. И даже сделал шаг назад, словно опасаясь, что она бросится на него. Женщина была достаточно высокого роста. Однажды она уже пыталась с ним бороться. Однажды...

— Инна Светлова, — растерянно прошептал Дронго, — вы тогда выдавали себя за Инну Светлову.

Это было нашумевшее дело девяносто шестого года, когда была уничтожена группа контрразведчиков под руководством подполковника Славина. Тогда был задействован план по избранию президента на второй срок, названный «Возвращение Голиафа», и сотрудники Славина слишком близко подобрались к этой тайне. Почти вся группа была уничтожена, а Дронго, выходивший на связь с этой группой, познакомился с «Инной Светловой», которую он честно пытался спасти. Даже не подозревая, что ему подставили совсем другого человека, офицера спецслужб, имя которой он так и не узнал.

Он тогда привез ее на квартиру, уже догадываясь, что это другой человек. Сыграл в любовную страсть, заставляя ее раздеться, чтобы убедиться в отсутствии шрама на ноге. Он знал, что у настоящей Светловой должен быть такой шрам. Она поняла, что он ее разоблачил, позвала на помощь, даже попыталась вступить с ним в схватку, которую он легко выиграл. Он собирался уйти, оставив ее раздетой и связанной, но она так просила не оставлять ее в подобном виде. Тогда он заставил ее выпить снотворное, пообещав, что оденет ее перед тем как уйдет, чтобы не позорить перед коллегами и не оставлять женщину связанной. Он так и сделал. Когда она заснула, он перенес ее на диван, одел и оставил спать, постаравшись незаметно уйти из квартиры. Как давно это было. С тех пор прошло уже тринадцать лет. Наверняка она его ненавидит. Ведь он тогда просто переиграл женщину, используя ее слабости[1].

И вот теперь она стояла перед ним. Изменившаяся до неузнаваемости, сменившая свой имидж, совсем другая женщина.

— Инна Светлова, — кивнула она, — вы действительно знали меня под этим именем.

— Неудивительно, что я вас не узнал. Тогда у вас были светлые волосы, и вы выглядели такой угловатой и не совсем собранной молодой женщиной. А сейчас все иначе. Вы изменили форму носа?

— Обычная операция. Я просто убрала небольшой хрящик и подтянула лицо. В моем возрасте это нормально.

---

[1] Подробнее см. роман «Тень Ирода».

— Вам тогда было где-то около тридцати пяти?

— Тридцать три, — улыбнулась она.

— Значит, сейчас сорок шесть, — быстро посчитал он.

— Верно.

— И вы вице-президент банка. Значит, вы оставили свою службу в контрразведке?

— Уже очень давно. Почти двенадцать лет назад. Вы нанесли такой удар по моему внутреннему равновесию, что я поняла, насколько не соответствую этой профессии. И уволилась уже через год. Потом меня сразу взяли на работу в Таможенный комитет, где я проработала около шести лет. Была даже начальником отдела. Затем там начались серьезные кадровые перестановки, и я перешла на работу в финансовое управление Министерства связи. Оттуда уже через четыре года в банк КТБ, где сейчас являюсь вице-президентом. Можно сказать, что вы помогли мне сделать карьеру, — улыбнулась она.

— Полагаю, что это результат ваших усилий, — возразил он. — Вы, наверно, до сих пор обижены на меня за нашу последнюю встречу.

— Наоборот. Я до сих пор считаю себя обязанной вам и жалею, что не могла выразить вам мою благодарность.

— В каком смысле? — не понял Дронго.

— Вы помните, в каком унизительном положении я могла остаться? — усмехнулась Юна. — Раздетая и связанная, как полная дура, к тому же поддавшаяся на ваши уговоры. Надо мной бы смеялись все сотрудники управления. Вы тогда пообещали мне, что не оставите меня в таком виде. И не оставили. Когда я проснулась, то обнаружила себя спящей на диване. Одетая и под пледом, которым вы меня накрыли. В таком состоянии меня и обнаружили мои коллеги. Все тогда посчитали, что вы просто коварно обманули меня, подсыпав снотворного, что позже подтвердила и экспертиза, когда у меня проверяли кровь и мочу. Вы все сделали правильно, за исключением одной детали — мои трусы вы надели на меня, вывернув их наизнанку, очевидно, очень торопились, — она произнесла эти слова без тени смущения, глядя ему в глаза.

— Простите, — сказал он, нахмурившись, — я действительно торопился.

— Вы меня не поняли, — улыбнулась Юна, — я как раз не в обиде, так как этот прискорбный факт могла узреть только я одна. Представляете, как я смеялась, когда обнаружила вашу ошибку?

— Значит, у вас все прошло благополучно.

— У меня — да. Я считала, что вы меня ненавидите, поэтому и не пыталась столько лет выйти с вами на связь. Хотя периодически слышала о ваших успехах. Вы же знаете лучше меня, из нашего ведомства навсегда не уходят. У нас остаются связи, а иногда и звания, – загадочно улыбнулась она.

– Это действительно невероятное свидание через столько лет, – согласился Дронго, – и вы еще вице-президент банка КТБ. Только не говорите, что вы оказались здесь случайно.

– Конечно, нет. У нас финансовыми проблемами занимается Йозеф Герхардович, но сегодня я упросила его разрешить мне появиться на суде. Я ведь точно знала, что вы тоже здесь появитесь. Хотела увидеть вас через столько лет, переговорить с вами. Даже не верится, что мы были знакомы с вами тринадцать лет назад. Как будто прошла целая жизнь, огромная эпоха.

– Вы хорошо сохранились, – сделал ей комплимент Дронго.

– Для своего возраста, – добавила она, – можете говорить, не стесняясь. У меня сын уже офицер, и я в прошлом году стала бабушкой. Такая молодая бабушка в моем возрасте.

– Поздравляю. Хотя про возраст вы напрасно. Сорок шесть для женщины – это лучший возраст.

– Спасибо. Вы всегда умели говорить комплименты. Иначе вам не удалось бы тогда убедить меня раздеться.

Он почувствовал, что краснеет. Эта женщина говорила все, что считала нужным сказать. Такой комплекс незакомплексованности.

– Я могу задать вам один служебный вопрос? – спросил Дронго.

– Хотите, чтобы я выдала вам наши тайны, – поняла Юна. – Ну, давайте ваш вопрос. Постараюсь на него ответить, если смогу.

– Зачем вы так прессуете эту несчастную компанию? Что они вам сделали? Если бы вы хотели только получить свои деньги, то почему мешаете им восстановиться, встать на ноги? Ведь у них уже был подписан предварительный контракт с австрийцами, а вы явно решили им помешать. Для чего? Это личная месть или нечто другое? Вся эта непонятная слежка за моей машиной, ваши сотрудники службы безопасности. Можете пояснить, что происходит? Или за убийством Сутеева тоже стоит ваш банк? Я понимаю, что вы мне не ответите. Но хотя бы постарайтесь объяснить, почему такое агрессивное поведение?

– К убийству Николая Сутеева мы не имеем абсолютно никакого отношения, – пожала она плечами, – действительно не имеем. Хотя если бы имели, я бы сказала то же самое. Даже на правах «старой дружбы». А вот насчет нашего прессинга я могу открыть вам одну тайну. Нас мало интересует вся эта компания вместе с ее руководством. У нас совсем другой интерес. И поэтому Плавник будет дожимать их до конца, пока они не согласятся на наши условия.

— Может, я сумею их убедить согласиться на ваши условия? Скажите, что именно им нужно сделать.

— А почему вы так для них стараетесь?

— После смерти Сутеева у его вдовы осталось двое детей, в том числе малолетняя дочь. Если сегодня судья вынесет решение о признании искового заявления вашего банка, то на их имущество могут наложить арест. А у них нет больше ничего, кроме квартиры и дачи.

— Не волнуйтесь, — загадочно произнесла Юна, — они не бедные люди.

— Опять тайны?

— Нет. Уже не тайны. Я думаю, что как раз сейчас наш Иосиф Борисович объясняет вашему Эдуарду Александровичу, что именно нужно сделать. Все очень просто. Мы отзываем иск и вообще закрываем эту кредитную историю, списывая все долги. Более того, мы оплачиваем долг «Ростана» другому банку, я имею в виду «Альфа-банк». Вы видите, мы выступаем в роли своебразных благодетелей, решив не только простить все долги, но и выплатить их за компанию «Ростан».

— Бескорыстно? — иронично уточнил Дронго.

— Где вы видели бескорыстных людей, — усмехнулась Юна, — в наши дни бескорыстие не в чести. Это глупость, которую не могут позволить себе деловые люди. К тому же у нашего банка тоже есть свои проблемы.

— Но вы списываете такой огромный долг и хотите уплатить часть долга за «Ростан». Значит, есть конкретный повод?

— И очень весомый. Их завод, который они строят.

— Вы хотите забрать этот недостроенный объект и сами его закончить? — не поверил Дронго. — Неужели вы действительно полагаете, что сумеете так быстро окупить все затраты и покрыть долги «Ростана»? Никогда не поверю.

— И правильно сделаете. Скажу вам больше. Мы вообще снесем все, что там было построено.

— Тогда зачем вам все это? Хотя подождите. Я, кажется, понял. Вам нужна земля под этим объектом? Верно?

— Вы умный человек, — радостно кивнула Юна, — конечно, нужна земля. Почти четыре гектара. В соседнем городке немецкая фирма планировала грандиозный завод по выпуску автомобилей. Уже разработанный и утвержденный план застопорился из-за того, что военное ведомство не дало согласия. Рядом какая-то военная база. А вот эти четыре гектара — идеальная площадка для автомобильного завода. Тем более что железная дорога и шоссе совсем рядом. Как вы думаете, сколько заплатят немцы за такую территорию? Я полагаю, что цифры могут быть даже не семизначными.

— Теперь понятно, почему вы так давите на эту компанию. А если они откажутся продавать землю?

— Не продавать, — улыбнулась она, — а отдавать в качестве долга. У них все равно не хватит ни сил, ни средств закончить строительство завода. А сейчас земля ничего не стоит. Когда немцы решат искать альтернативную площадку, они рано или поздно выйдут на нас.

— Не боитесь делать такие предложения Вахтангу Михайловичу? Он ведь грузин, южный человек, в нем может взыграть гордость.

— Уже поздно, — возразила она, — все равно у них нет никаких шансов и никаких денег. После того, как нам удалось аннулировать их предварительное соглашение с австрийцами, они не имеют ни одного шанса.

— Вам явно нравится работать в банке, — заметил Дронго.

— Еще как, — улыбнулась она, — я вообще считаю, что нашла наконец свое призвание. Если сможете, постарайтесь убедить Вахтанга Михайловича в бесперспективности упрямства. Все решится быстро и прямо сегодня. В связи с примирением сторон.

— Боюсь, что он не согласится, — пробормотал Дронго, — компания «Ростан» — это дело его жизни. А если снесут недостроенный завод, то, значит, он потеряет все, ради чего работал последние годы.

— А если не согласится, то потеряет гораздо больше, — спокойно произнесла Юна, — суд наложит арест на его имущество. Неужели ему так будет удобнее?

— Я поговорю с ним, — сказал Дронго, отходя от женщины.

«Как я мог ее сразу не узнать», — подумал он. Поразительно, что прошло столько лет, а она почти не изменилась. Коварство и лицедейство — ипостаси этой особы.

Он вошел в зал. Рядом с Вахтангом Михайловичем уже сидел Фейгельман, который тихо что-то бубнил. Было заметно, как нервничает Чагунава, как он краснеет, кусая губы в бешенстве. Дронго подошел ближе. Адвокат убеждал генерального директора компании согласиться на условия, предложенные кредиторами.

— Вы ничего не теряете, — убеждал своего собеседника Эдуард Александрович, — просто отдаете недостроенный завод с землей своим кредиторам. И все. Они оплачивают все ваши долги, рассчитываются с «Альфа-банком», отзывают исковое заявление. Вы можете спокойно развиваться дальше, работать, как вам нравится...

— Как я буду работать, — вскипел Вахтанг Михайлович, — если у меня не будет завода, ради которого мы столько претерпели, столько кредитов набрали? Уже фундамент построили. А сейчас мне говорят, что все нужно отдать. Они с самого начала хотели отобрать именно этот завод. Они все знали с самого начала. Им нужен мой завод...

— Нет, — вмешался Дронго, — им нужна земля под вашим заводом, которая сейчас практически ничего не стоит. Но через год или два она может стоить очень больших денег. И они хотят вложить свои деньги в вашу землю.

— Для чего? — не понял Вахтанг Михайлович.

— Немцы строят автомобильный завод в соседнем городе, рядом с вами, — пояснил Дронго, — только, в отличие от вас, немцы сначала подводят дороги и коммуникации, а только потом строят завод. Сейчас выяснилось, что все коммуникации есть, но для завода будут искать подходящее место, а ваша площадка идеально подходит. Пока пройдут согласование и уточнение плана на месте, может пройти год или два. Но затем ваша земля будет стоить миллионов пятнадцать или двадцать. Согласитесь, что это очень выгодное приобретение.

— Но тогда им придется снести наш завод, — разозлился Чагунава.

— Придется, — кивнул Дронго, — но это цена за ваши долги.

Вахтанг Михайлович сложил идеальный кукиш и продемонстрировал его своим собеседникам.

— Вот что они получат, а не наш завод. Покойный Николай тоже бы отказался. Никаких переговоров, никаких примирений, пусть судья делает все, что ему нравится. Пусть меня даже сегодня арестуют прямо в зале суда и наденут наручники, я все равно ничего не подпишу. Никаких соглашений с этими грабителями у нас не будет.

— В арбитражном суде наручники не надевают, — улыбнулся Дронго.

— Это не совсем разумно, — попытался урезонить генерального директора Фейгельман, — они предлагают достаточно приемлемые условия. Иначе у вас будут большие проблемы...

— Ну и пусть. Все продам, но завод назло этим сволочам дострою и буду работать. Сорвалось с австрийцами, буду работать с французами, с ними не получится, найду других, но завод дострою и начну выпуск нашей продукции. Все. Закончили переговоры. Я так решил.

В зале начали собираться люди. Антонина Алексеевна вошла в зал, опасливо глядя на всех присутствующих, словно ожидая, что кто-то из них может ее укусить прямо в зале суда. Чагунава покраснел и от волнения снова стал кусать губы. Фейгельман, тяжело вздохнув, взглянул на Дронго.

— Что мне делать? — спросил Эдуард Александрович.

— Ничего, — спокойно ответил Дронго, — как адвокат, вы обязаны выполнять волю своего клиента. Так и выполняйте. Сообщите Иосифу Борисовичу, что Чагунава отказался от сделки. Пусть суд решит, как нужно дальше действовать. Никаких других вариантов я просто не вижу.

Фейгельман тяжело вздохнул и, поднявшись, вышел из зала. Через минуту они вместе с Плавником входили обратно. Фейгельман сокрушенно разводил руками, Плавник недовольно качал головой. Было понятно, что говорит каждый из них.

Едва началось судебное заседание, как судья подозвала всех троих адвокатов, включая адвоката, представляющего интересы «Альфа-банка». Ей сообщили, что процесс может быть остановлен из-за примирения сторон. Но Фейгельман отказался подтвердить это сообщение. Судебный процесс продолжался. Каждая сторона представила свои аргументы, выступали представители банков и компании «Ростан». За банки выступили руководители юридических отделов, за «Ростан» — сам Вахтанг Михайлович. Он попытался взять себя в руки, настаивая, что компания может продолжить работу. На вопрос судьи, откуда они возьмут средства, генеральный директор, вспылив, заявил, что это их личное дело, и этим окончательно испортил впечатление от своей не очень связной речи. В пять часов судья объявила, что решение суда будет объявлено еще через полчаса.

На этот раз никто не уходил из зала, напряженно ожидая решения судьи. Вполголоса переговаривались Плавник и другой адвокат. Фейгельман достал телефон и тихо с кем-то разговаривал. Антонина Алексеевна вытащила бутерброд и незаметно его жевала. Юна Миланич поднялась и подошла к Дронго.

— Кажется, все ясно, — произнесла она, хищно улыбнувшись. — У меня есть к вам предложение.

— Надеюсь, вы не собираетесь у меня ничего конфисковывать? — поинтересовался Дронго.

— Нет. Я хочу пригласить вас на ужин, — сообщила Миланич.

— Что? — изумился Дронго. — Вы хотите пригласить меня на ужин?

— Вас никогда не приглашала на ужин женщина?

— Приглашала, конечно. Но...

— Боитесь, — с некоторым презрением произнесла Юна, — все еще не доверяете мне. Думаете, что я хочу отомстить?

— Нет, не думаю. Просто необычное предложение, которое застало меня врасплох. Когда и где?

— Сегодня в «Ностальжи», если не возражаете. Хотите, я заеду за вами?

— Если еще вы пришлете мне букет цветов, то я буду очень тронут, — церемонно кивнул

Дронго, – и вообще, сделайте мне какой-нибудь подарок в память о нашей встрече.

Она улыбнулась

– А вы совсем не изменились.

– Как и вы, – парировал Дронго. – Значит, сегодня в «Ностальжи». В котором часу?

– В семь.

– Лучше в восемь.

– Договорились, – она отошла от его стула.

– Вы ее хорошо знаете? – с ужасом поинтересовалась Антонина Алексеевна.

– Раньше знал. Но не очень хорошо.

– Она вампир, – сообщила Антонина Алексеевна, – я знаю их бухгалтера, и она мне всегда говорила, что Юна Борисовна настоящий энергетический вампир. Честное слово.

– Ах, энергетический, – протянул Дронго, – как жалко. А я думал, что она настоящий вампир. Даже обидно.

– Что вы такое говорите, – отшатнулась от него Антонина Алексеевна, – вы видите, что здесь творится. Нас сейчас засудят, а вы шутите.

Он ей не ответил. Через некоторое время появилась судья. Она сухим голосом зачитала решение суда. Исковое заявление банков было признано обоснованным, и в течение семи дней компания «Ростан» обязана была выплатить пять миллионов семьсот шестьдесят четыре тысячи долларов и четырнадцать центов. При этом в обеспечение долга указывалось личное имущество обоих совладельцев компании. Суд закончился. Все поздравляли недовольного Плавника. Он понимал, что не добился главного, ведь ему необходимо было получить согласие на передачу недостроенного завода с землей банку.

Чагунава, напротив, казался довольным таким решением. Он выслушал решение суда молча, лишь саркастически улыбаясь. Фейгельман только пожал плечами, выслушав приговор. Все было кончено. Они еще могли обжаловать это решение суда, но, похоже, никто не сомневался, что ответчик откажется от подобного шага. Дронго начал протискиваться к выходу. Где-то впереди мелькнула и исчезла фигура Юны Миланич, очевидно, ее ждала машина. Дронго вышел на улицу и включил свой мобильный телефон. И почти сразу услышал телефонный звонок. Это был Эдгар Вейдеманис.

— У нас неприятности, — сообщил он, — ты можешь не поверить, но к моей дочери в больницу привезли с сердечным приступом женщину. Догадываешься, кто это?

— Сутеева? — спросил Дронго.

— Да. Лариса Кирилловна Сутеева. Представляешь, в каком она состоянии, если понадобилась госпитализация?

— Черт побери, — невольно вырвалось у Дронго, — я начинаю думать, что нас с тобой просто водят по кругу, как скаковых лошадей. Сейчас я приеду, подождите меня.

Глава 15

Он приехал к себе в офис, где его уже ждали Вейдеманис и Кружков. Оба понимали, насколько важным является известие, случайно полученное ими от дочери Эдгара, которая работала врачом в одной из московских больниц. Если Лариса Кирилловна так глубоко переживала смерть своего мужа, то чем объяснить их разрыв накануне убийства Сутеева? И почему она стала невольным виновником гибели своего мужа, заставив его переехать в старую квартиру?

— Она не пустила меня в гостиную, чтобы я не увидел большого портрета ее мужа, который там был, — задумчиво заметил Дронго, — значит, не хотела, чтобы я знал, как она на самом деле к нему относилась. Но почему? В ее положении нужно подсознательно искать любые мотивы, чтобы оправдаться. Хотя бы для самой себя. Нужно узнать, кто там остался с ее дочерью.

Подняв трубку городского телефона, он взглянул на стоявшего рядом Вейдеманиса и набрал номер городской квартиры Сутеевых. Услышал женский голос.

— Здравствуйте, — сказал Дронго, — извините, что я вас беспокою. Это говорят из компании Николая Евгеньевича. Я их адвокат. Как себя чувствует Лариса Кирилловна? Нам сообщили, что она госпитализирована.

— Да, — ответила женщина, судя по голосу, ей было лет шестьдесят или семьдесят, — мы все очень переживаем. У нее гипертонический криз. Это так ужасно.

— Я, очевидно, разговариваю с ее мамой? — уточнил Дронго.

— Да, это я, — ответила женщина.

— Очень приятно. Вы не знаете, когда мы можем ее навестить?

— Нет. Врачи не разрешают ее беспокоить. Сегодня звонил и двоюродный брат Коли — Дмитрий Романович. Он тоже очень беспокоится, хочет попасть к ней, но врачи сказали нам, что туда нельзя. Мой внук с самого утра сидит в больнице, если матери что-то понадобится. Они оба переживают смерть Николая Евгеньевича.

— У вашего внука, наверно, были хорошие отношения со своим отчимом.

— Замечательные. Просто как родные отец и сын. Он был таким авторитетом для мальчика. Эта смерть Николая Евгеньевича утрата для всех нас. У них была очень дружная семья. Они планировали поехать этим летом на Валдай все четверо.

— Для нас тоже большая утрата, — сказал Дронго, — простите, что я вас побеспокоил.

Он положил трубку. Испытующе взглянул на Вейдеманиса.

— Или я ничего не понимаю, или происходит нечто странное. Сутеев сам сказал мне, что жена ушла от него. Его брат рассказал мне об этом. Секретарю Алле он тоже говорил, что у него была размолвка с женой. А сейчас выясняется, что они просто обожали друга друга.

— После смерти все обожают друг друга, — заметил Эдгар.

— Нет. Здесь что-то другое. Понимаешь, у меня не накладывается психотип Сутеева на его поведение, когда мы с ним встретились. Какое-то раздвоение личности. И не только у него. Но и у всех, кто его окружает. У его двоюродного брата, у его супруги. Такое бывает?

— Наверно, бывает, — кивнул Вейдеманис. — Что у нас в суде?

— Проиграли вдрызг. Даже не представляю,

что они сообщат Ларисе Кирилловне. Оказывается, у компании «Ростан» было предварительное соглашение с австрийским банком на получение десятимиллионного кредита, но банк КТБ сумел узнать об этом и убедить австрийцев не заключать договор. Представляешь, какие мерзавцы.

— Но для чего? Им должно быть выгодно, чтобы «Ростан» получил большой кредит.

— Оказывается, нет. Мне рассказали, почему КТБ так неистово требует выплаты кредита, не соглашаясь ни на какие переговоры. Им нужна земля, которой владеет «Ростан». Не завод, а земля, на которой он стоит. Немцы рядом возводят автомобильный завод, и в КТБ узнали, что первоначально выбранная площадка не будет утверждена. А немцы уже подвели все коммуникации и дороги. Значит, соседние пустые участки рядом с предполагаемым строительством мгновенно вырастут в цене, ведь немцам обязательно предложат место рядом с этой площадкой. В банке КТБ об этом знают и хотят получить землю, которая уже через короткое время станет просто золотой.

— Откуда вы об этом узнали?

— Они сами сделали предложение. Через своего адвоката Плавника и адвоката компании

«Ростан» Фейгельмана они попытались убедить генерального директора сдать им недостроенный завод со всей территорией. Взамен они полностью погашают все долги и отказываются от претензий.

— И Чагунава не согласился?

— Конечно, нет. Завод — это дело всей его жизни. Смысл его компании. Отдать завод значит окончательно поставить жирный крест на всей деятельности компании, вычеркнуть последние десять-пятнадцать лет своей жизни. Он так рассчитывал на австрийцев. Но чем больше на него давят, тем больше он сопротивляется. Взыграла южная грузинская кровь. Он теперь из принципа ничего не отдаст КТБ, даже если они его разорят.

— И какое решение суда?

— Признать исковые требования и ответчику в течение семи дней выплатить всю сумму долга с набежавшими процентами и судебными издержками. Если сумма не будет выплачена, они наложат арест на имущество обоих совладельцев.

— Разве у Сутеевых есть имущество на три миллиона долларов? — нахмурился Вейдеманис. — Их квартира на проспекте Академика Сахарова может стоить не больше миллиона долларов. Квартира на Профсоюзной вообще стоит тысяч триста, никак не больше, может, даже меньше. Есть еще дача. Если бы она была на Рублевке, то тогда, возможно, стоила бы несколько миллионов. Но Дмитрий Сутеев сказал нам, что она тоже стоит не больше двухсот тысяч. Итого полтора миллиона за все имущество семьи Сутеевых. Где они возьмут недостающие деньги, которые на них повесят в качестве долга? Будут распродавать мебель или детские вещи?

— Детские вещи не подлежат конфискации, — угрюмо возразил Дронго, — и еще книги. Я вспомнил, как бакинские цеховики собирали лучшие в городе библиотеки, точно зная, что в случае конфискации имущества их книжные раритеты никто не тронет. Это было тоже своеобразное вложение капитала. Тогда книги стоили огромных денег. Я помню, как меняли машины и дачи на хорошие библиотеки.

— Это было давно и неправда, — вздохнул Эдгар, — кому сейчас нужны библиотеки? Люди выбрасывают из своих домов ненужные книги. Это раньше было престижно иметь дома хорошую библиотеку. Сейчас это выглядит идиотизмом. Занимать место в своей квартире ненужными бумажными фолиантами, которые только пылятся и плодят микробы. Лучше иметь дома один ноутбук, с помощью которого сегодня вы можете прочесть любые произведения, имеющиеся в библиотеках всего мира.

— Мы с тобой просто два динозавра из прошлой эпохи, — пошутил Дронго, — стоим и ностальгируем по ушедшим временам. Если нас сейчас услышит кто-нибудь посторонний, то сразу поймет, что ты бывший кагэбэшник, а я бывший сотрудник Интерпола от Советского Союза. И мы оба ностальгируем по своему времени. Нас нужно давить, гнобить и выгонять поганой метлой, чтобы такие, как мы, не мешали народам идти к светлому будущему капитализма.

— Капитализма, — буркнул Вейдеманис. — Как говорят в Германии: «Все, что нам говорили о социализме, оказалось неправдой, но зато все, что нам говорили о капитализме, оказалось правдой». Не знаю, как мы будем развиваться, но сегодня ради денег люди готовы на все.

— Заканчиваем ностальгировать и решаем, что нам делать дальше. Начнем с того, что завтра утром я должен лететь в Нижний Новгород и найти там этого Крявалиса, отца Маргариты. Заодно и узнаю про студенческие годы Николая Сутеева, который вызывает у меня все больше и больше вопросов.

— Почему не на поезде?

— Сегодня вечером у меня встреча, — сообщил Дронго, — и ты не поверишь, с кем. Меня пригласила на ужин вице-президент банка КТБ госпожа Юна Миланич.

— Они хотят уговорить Чагунаву, действуя через тебя?

— Нет, нет, это совсем иное. Мы были знакомы с госпожой Миланич еще тогда, когда не были знакомы с тобой. Знакомство состоялось при очень странных обстоятельствах. Я тебе расскажу эту историю более подробно, и ты даже не поверишь, что такое бывает. Но спустя тринадцать лет мы с ней снова встретились. Она теперь настоящая бизнесвумен, а я обычный эксперт, каким был и тринадцать лет назад.

— Ясно. Значит, билет я заказываю тебе на завтрашнее утро. Что еще?

— Позвони в больницу, и пусть твоя дочь узнает все про Сутееву. Кто ее посещает, что с ней происходит. Кстати, откуда твоя дочь знала о Сутеевой? Подозреваю, что на старости лет ты стал болтливым человеком, чего раньше за тобой не замечалось.

— Я рассказывал ей, как тебе проткнули шины, — усмехнулся Эдгар, — и рассказал о том, чем мы занимаемся. А Сутеева как раз живет в ее районе. На проспекте Сахарова.

– Что у нас еще? Версию с мальчиком, сыном Сутеевой, пока можем не проверять. Бабушка не стала бы нам лгать. Она так восторженно говорила об их отношениях. Значит, эту версию пока убираем. Насчет банка тоже сильно сомневаюсь. Я, конечно, сегодня попытаюсь разговорить госпожу Миланич, но убежден, что им гораздо выгоднее было иметь живого Сутеева. Раньше я думал, что они давят на Чагунаву, запугивая его и пытаясь получить деньги. Теперь узнал, что им не столько нужны деньги, сколько недостроенный завод и земля. С Николаем Евгеньевичем было легче договариваться, чем с Вахтангом Михайловичем. Другой менталитет, другая энергетика. Сутеев был гораздо спокойнее и выдержаннее, чем его компаньон. Но пока эту версию мы не отбрасываем. И, наконец, Дмитрий Сутеев. Мне очень не нравится его поведение. У меня к нему много вопросов и по нашему первому разговору. Какие-то «узелки на память», которые я оставил на следующий разговор. Когда мы наконец получим распечатку его телефонных звонков?

– Обещали завтра утром. Я им уже заплатил, – сообщил Эдгар.

– Мне они очень нужны. Подсознательно есть такое ощущение, что именно он заставил

Маргариту Кярвалис так быстро убраться из города и звонил Ларисе Кирилловне, чтобы она отключила свой мобильный телефон и не встречалась со мной. Понимаю, что несу чушь и этого по логике вещей не должно быть. Но я почему-то в этом убежден.

— Ты думаешь, он как-то связан с убийством своего двоюродного брата?

— Возможно. Пока у меня нет конкретных фактов, но инерционная масса накапливающихся сведений не в пользу Дмитрия Романовича.

— Тогда зачем он к нам приходил? Зачем просил тебя расследовать убийство своего двоюродного брата? Чтобы ты его разоблачил? Или он сумасшедший?

— Я сам ничего не понимаю. Подождем до завтра, пока получим распечатку его телефонных звонков. Но для начала нам нужно с ним переговорить.

Дронго достал свой мобильный, набрал номер Дмитрия Сутеева.

— Слушаю вас, — сразу отозвался Дмитрий Романович, словно ждал этого звонка.

— Здравствуйте, — начал Дронго, — вы знаете, что Лариса Кирилловна попала в больницу?

— Впервые слышу, — сразу соврал Сутеев.

— Значит, я первый, кто вам об этом сообщил, – разозлился Дронго. – И вы не знали, что она в больнице?

– Нет. Нас это мало волнует. Она ушла от мужа, и теперь...

– Хватит меня обманывать, – резко перебил его Дронго, – вы прекрасно знаете, что она в больнице. И вас всех это очень волнует. Вы все утро звоните домой на проспект Сахарова и пытаетесь узнать у ее мамы, как себя чувствует Лариса Кирилловна. Зачем вы мне говорите неправду?

Наступило молчание. Сутеев покашлял. Очевидно, он не ожидал такого разговора.

– Да, – негромко сказал он, – я знаю, что она в больнице. Я действительно звонил к ним домой, чтобы узнать, как она себя чувствует. Вы должны меня понять. Там осталась дочь Николая, она совсем маленький ребенок. Меня волнует ее судьба. И насчет Ларисы. После того как они разошлись с мужем, я не должен вообще иметь с ней никаких контактов, но, когда мне сообщили, что она попала в больницу, я начал дергаться, волноваться. Больше из-за девочки, чем из-за Ларисы. И поэтому звонил несколько раз.

– Объяснения не очень убедительные, – сказал Дронго, – но пока приемлемые. А как вы объясните тот факт, что она попала в больницу? Неужели она так сильно переживает смерть вашего двоюродного брата, от которого ушла за месяц до его убийства?

– Я сам ничего не понимаю. У женщин бывает странная логика.

– Это у вас странная логика, Дмитрий Романович, – жестко заметил Дронго, – вы сами вспоминали, как она переживала на похоронах. Об этом говорят и все остальные свидетели. Получается, что она его действительно любила. Так почему они разошлись? Может, вы мне попытаетесь объяснить, как близкий родственник и друг погибшего?

– Не знаю, – выдохнул Дмитрий Романович, – я сам ничего не понимаю. Но у них были плохие отношения в последнее время.

– Не уверен, – сказал Дронго, – портрет своего мужа она держит в гостиной до сих пор. Когда уходят от человека, его портрет не выставляют в гостиной. И не попадают в больницу из-за подобных переживаний. Может, вы мне чего-то не успели сообщить? Вам ничего не хочется мне рассказать?

– Ничего не хочу. Просто я думаю, что мы доставляем вам массу неприятностей. Если вы считаете, что это сложное дело, вы можете отказаться. Я выплачу вам часть суммы...

— Я не собираюсь отказываться, — перебил его Дронго, — а насчет неприятностей вы сейчас услышите. Сегодня утром арбитражный суд признал исковые требования банков к компании «Ростан». И обязал совладельцев компании в течение семи дней погасить всю сумму долга. У семьи вашего погибшего брата есть нужные три миллиона долларов?

— Они вынесли такое решение? — ужаснулся Дмитрий.

— И не просто вынесли. В обеспечение долга будет наложен арест на все имущество Николая Евгеньевича. На его две квартиры в Москве, на его дачу в Подмосковье и даже на тот дом, который вы хотите получить в Нижнем Новгороде. Все будет конфисковано и пойдет в уплату долга.

— Вы беспокоитесь за свой гонорар? — уточнил Сутеев.

— Я беспокоюсь за несчастную вдову, которая сейчас находится в больнице. И за ее двоих детей, одна из которых ваша племянница. Или вы не совсем поняли, что я вам сказал? Ровно через семь дней судебный исполнитель наложит арест на все имущество семьи вашего погибшего брата. Я полагаю, что этого не хватит на покрытие долга, даже если Лариса Кирилловна продаст всю мебель и имущество из обеих квартир, дачи и дома. Все равно останется больше миллиона долларов долгов. У вас есть лишний миллион? Или лучше два, чтобы хотя бы оставить квартиру семье вашего погибшего брата? Или вас устраивает, чтобы они оказались на улице?

— Не нужно так говорить, — тихо попросил Дмитрий, — мы что-нибудь придумаем. Я сейчас позвоню Вахтангу Михайловичу. Он убеждал меня, что такого решения не будет. Говорил, что австрийцы готовы выделить большой кредит.

— Он выдавал желаемое за действительное. У компании «Ростан» действительно был предварительный договор с австрийским банком, но в дело вмешались кредиторы из банка КТБ, которые убедили австрийцев отказаться от заключения договора и выделения кредита.

— Что теперь будет?

— Я вам уже рассказал, что именно будет. И очень советую больше не пытаться играть со мной в ваши странные игры. Надеюсь, что вы от меня больше ничего не скрываете. До свидания.

Он убрал телефон.

— Так и нужно, — одобрительно кивнул Вейдеманис, — ты правильно припер его к стене.

— Даже если я сто раз назову его лжецом и негодяем, это не поможет вдове погибшего, — мрачно возразил Дронго. — Можешь себе представить, что с ними будет? Мне даже думать об этом неприятно.

Глава 16

Находившийся на Чистопрудном бульваре ресторан «Ностальжи» считался одним из лучших в Москве. Его шеф-повар Давид Дессо отличался особым умением в приготовлении классических рыбных блюд из сибаса, стерляди, морского языка, а знаменитая башня из жареной утиной печени под соусом «кавальдос» вызывала неизменный восторг у посетителей. К достоинствам ресторана можно было отнести и большой винный погреб с разнообразными напитками любой ценовой категории. Цены были уязвимым местом ресторана, все знали, что в нем не просто дорогие блюда, а очень дорогие. При этом стоимость многих блюд была выше, чем в ресторанах Парижа, Берлина или Вены.

Дронго приехал в ресторан ровно к восьми, захватив с собой изящный букет белых роз. Его уже ждали, проводили к столику в углу, где расположилась Юна Миланич. Она была в темно-синем платье, очевидно, из последней коллекции от Балансиаги, отметил Дронго. Комплект «картье» из сережек и кулона дополнял ее наряд. Сумочка была под стать украшениям и обуви серебристого цвета.

— Какой красивый букет, — восхитилась она. — Положите его в воду, — приказала она подскочившему официанту.

— Добрый вечер, — Дронго поцеловал ей руку.

После взаимных приветствий они уселись за столик. Со стороны могло показаться, что здесь ужинают двое старых друзей, давно и хорошо знавших друг друга. Юна сама заказывала закуски и вино. Когда дело дошло до основных блюд, она спросила, что больше любит ее гость.

— Давайте ягненка, — предложил Дронго.

— Отлично, — обрадовалась она. — Значит, будем есть ягненка, — сказала она официанту, — но только после того, как вы принесете нам все, что я заказала.

— Не боитесь испортить фигуру? — спросил Дронго. — Я думал, что вы не ужинаете после восьми.

— Только после восьми и ужинаю, — сообщила Юна, — а потом сгоняю вес в фитнес-центрах, занимаясь до изнеможения. А вы как сохраняете свою фигуру? Насколько я помню, вы старше меня на несколько лет.

— Я давно не слежу за своей фигурой, — признался Дронго, — просто стараюсь не переедать, занимаюсь по утрам зарядкой; когда бываю в Европе, стараюсь много ходить. Вот и весь рецепт.

— И никаких диет, никаких лекарств? — уточнила она.

— До этого еще далеко.

— Тогда я вам завидую. Чтобы влезть в мои прежние платья, мне иногда приходится неделями голодать. Изнурительные и глупые диеты, но красота требует жертв. Мне нравится, когда на меня оборачиваются и смотрят мужчины, — сообщила Юна. — Можете мне не поверить, но, когда я появляюсь со своим двадцатисемилетним сыном, все считают, что я его девушка. Его супруга, по-моему, даже ревнует. Если учесть, что в двадцать пять она весит больше меня, то эта корова могла бы немного последить за своим весом.

— Чем занимается ваш сын? Вы сказали, что он офицер?

— Да. Работает в федеральной службе охраны. Уже получил капитана. Надеюсь, что к сорока будет генералом. То, что не получилось у его мамы.

– А у его папы?

– Тот вообще был идиотом. Мы даже не регистрировали наш брак. Я была студенткой, а он – нашим молодым преподавателем. Целый год жили вместе, пока я не поняла, что он напыщенное ничтожество. Пришлось срочно от него сбегать. Первые пять лет мой сын жил с моими родителями, очень удивляясь, когда я появлялась дома. Потом меня взяли на работу в ФСБ, тогда набирали молодые кадры, а я как раз подходила по всем статьям, у меня папа военный, офицер-пограничник. И меня взяли на работу. А потом вы меня так блистательно разоблачили, и я решила уйти, чтобы другой мужчина уже не пробовал снова меня одеть. Должна сказать, что раздевали вы гораздо профессиональнее.

– Это был мой первый опыт одевания. Боюсь, что и последний, – пробормотал Дронго.

Официант расставил на столе закуски. Принес бутылку вина, открыл ее и налил немного в бокал для дамы. Очевидно, она уже приучила официантов этого ресторана к тому, что сама пробовала вино, выбирая нужную бутылку.

– Подходит, – кивнула Юна, и официант разлил вино в два пузатых бокала.

– За нас, – произнесла она, и бокалы едва слышно дотронулись друг до друга.

— И других пап у вашего сына не было? — спросил Дронго.

— Посмотрите на меня, — предложила она, — вы действительно считаете, что после двадцати лет меня раздевали только вы? Неужели я так плохо выгляжу?

— Не напрашивайтесь на комплимент. Я уже говорил, что вы выглядите просто замечательно. Но вы не ответили на мой вопрос.

— Конечно, были. Только не все могут быть «папами», как вы удачно выразились. Двое казались мне подходящими отцами, и я соглашалась выходить за них замуж. Один был генералом налоговой службы. Такой солидный кретин, которого интересовало лишь собственное здоровье и запах его усов. Его я выдержала только полтора года. Хотя именно он привил мне интерес к финансовым вопросам. Вы знаете, он слишком рано получил генерала. Уже в тридцать восемь лет. И искренне считал, что мир вертится вокруг него. Я была его второй женой. Сейчас у него уже четвертая. С каждым разом они становятся все моложе и моложе. Ему уже за пятьдесят, а ей только двадцать шесть. Если он не остановится, то следующая будет годиться ему по возрасту во внучки.

Дронго улыбнулся.

– Потом был второй муж, – продолжала она, – этот был уже из больших чиновников. Почти олигарх, как сейчас говорят. Умный, хитрый, изворотливый. Еще какой изворотливый. Очень богатый. Он изменял мне с кем только мог. Со своей секретаршей, с нашей домработницей, с моими подругами. В общем, он был помешан на сексе. Меня это даже забавляло. В конце концов, глупо требовать от мужчины верности, когда он богат и знаменит. Если у него есть возможности, то он ими будет пользоваться, даже если вы посадите его в золотую клетку. Но вдобавок ко всему он начал пить. И к сорока пяти годам полностью исчерпал, как бы сказать, «свой потенциал». Теперь он мог выполнять супружеские обязанности только после приема соответствующих таблеток. Это было уже просто невыносимо. К тому же от них у него болела голова, и он начал принимать их только тогда, когда уходил на свидание с другими. Дома он считал не обязательным поддерживать себя в такой форме. Но мы разошлись с ним по-доброму, он оставил мне квартиру и дачу.

– И больше претендентов не было?

– Сколько угодно. Но мне было уже под сорок. И я стремительно делала карьеру. В таком возрасте трудно найти себе подходящего мужика, которого будешь еще и уважать. Разве что какого-нибудь старого пердуна, которому нужна сиделка, а не молодая жена. Поэтому я решила больше не рисковать. Друзья у меня были. Между прочим, последнему было двадцать восемь, и он только на год старше моего сына. Как видите, я все еще пользуюсь успехом у молодых мужчин.

— Не сомневаюсь, что не только у молодых, — сказал Дронго, поднимая бокал, — за ваше здоровье.

— Спасибо, — она сделала несколько глотков. — Хорошее вино, — произнесла она с явным одобрением.

— Вы умеете выбирать.

— Я часто здесь обедаю. Недалеко отсюда моя квартира. Хороший ресторан и вкусная еда — это счастье, которого у нас не было в молодости.

Дронго улыбнулся.

— Хотите, расскажу вам невероятный факт? Однажды я приехал в Москву и прошел всю Тверскую из конца в конец, чтобы где-то поужинать. Но не смог найти места. Правда, тогда эта улица носила имя Горького. И это было еще в прежние времена. Я помню, как стояли люди в многокилометровых очередях, чтобы попасть в первый «Макдоналдс».

— Тогда все было не очень нормально. Гримасы социализма, — усмехнулась Юна, — сегодняшнее время мне нравится больше.

— А мне меньше, — признался Дронго, — тогда не было культа золотого тельца. Да и деньги не считались главным мерилом человеческого достоинства и совести. А сейчас все иначе. Немного обидно.

— Что вы такое говорите, — всплеснула она руками. — А сколько было лицемерия, лжи, притворства. Неужели вы действительно считаете, что тогда было лучше?

— Мне кажется, что тогда приличных людей было больше. Возможно, я ошибаюсь.

— Безусловно, ошибаетесь. Тогда все притворялись и приспосабливались. Нельзя было говорить то, что думаешь. Нет-нет, даже не сравнивайте. Сейчас совсем другое время. Если вы можете заработать себе на хлеб, то вы свободный человек, не зависящий ни от каких настроений чиновников или своего руководства.

— Еще как зависящий, — возразил Дронго, — именно сейчас, когда страх потерять работу буквально парализует людей в присутствии начальства. Особенно если это частное предприятие.

— Все равно лучше, чем подчиняться чиновникам. Владелец частного предприятия хотя бы умный человек, если сумел сделать деньги.

— Вот видите. Мерилом ума становится умение делать деньги.

— Так было во все времена. И боюсь, что так будет всегда, — рассмеялась она. — Ваше здоровье, господин эксперт.

— Спасибо.

Подскочивший официант долил им вина.

— И эту несчастную компанию «Ростан» вы тоже сегодня дожали по полной, — вспомнил Дронго.

— Они сами виноваты, — пожала она плечами, — если бы они согласились отдать землю, ничего бы не произошло. Могли бы спокойно потом работать.

— Каким образом? Строительство завода — их последняя надежда.

— Но это не наши проблемы.

— Вы так здорово их подставили с этим австрийским банком. Возможно, если бы вы заранее их предупредили, они бы могли найти выход. Но вы поставили ультиматум прямо во время суда.

— Кто вам об этом сказал? — удивилась Юна. — Это я вам сказала во время суда, чтобы еще раз убедить Чагунаву. Мы ведь пытались их предупредить, чтобы они не обращались к австрийцам, все равно у них ничего не выйдет, ведь австрийский банк наши партнеры, и, конечно, они не захотели рисковать, когда мы открыли им реальное финансовое положение компании «Ростан».

— Каким образом вы пытались их предупредить? — удивился Дронго. — Насколько я понял, Вахтанг Михайлович до последней минуты верил в возможность заключения договора с австрийским банком.

— Это их проблемы, — возразила Юна, — наш Йозеф Герхардович встречался с заместителем Чагунавы, как его звали, которого убили...

— Николай Сутеев.

— Правильно. Мы пытались предупредить Сутеева, что это дохлый номер. Но он почему-то не сообщил об этом своему компаньону. Это их проблемы. Нас они не касаются. Через три дня Сутеева убили, а Чагунава решил идти до конца, тогда и мы тоже решили идти до конца.

— Вы предупреждали Сутеева о том, что контракта с австрийцами может не быть? — изумленно уточнил Дронго.

— Да, — кивнула она, — конечно, предупреждали. Он встречался с Гоффманом. Но, очевидно, Сутеев просто не успел рассказать о наших предложениях. Говорят, что Вахтанг Михайлович был в Санкт-Петербурге. Хотя все равно непонятно. Речь шла о судьбе компании, и Сутеев мог ему туда позвонить.

— Теперь мне многое становится ясным, — ошеломленно произнес Дронго. — Значит, Сутеев знал, что компания обречена и если они не отдадут завод с землей, то вы будете настаивать на исполнении иска?

— Конечно, знал. Он как раз был тот человек, который все знал. Поэтому я так удивляюсь, когда кто-то думает о нашей возможной причастности к его убийству. Зачем? Для чего? С ним было гораздо легче договориться, чем с этим упертым грузином.

Дронго молча кивнул. Он уже понимал, что ему следует сделать некоторую переоценку случившегося.

Официант принес горячие блюда. После них предложил десерт, но оба гостя дружно от него отказались. Первая бутылка вина была выпита. Вторая была опустошена наполовину, когда она спросила его:

— А вы женаты?

— Да. У меня двое детей, но они живут далеко отсюда. Я стараюсь не подставлять их под мои расследования.

— Жена тоже живет далеко? — спросила Юна.

— Тоже, — кивнул он.

— Значит, вы остаетесь один в Москве. У вас есть кто-нибудь или вы ведете праведный образ жизни отшельника?

— Веду «праведный образ жизни отшельника», — сообщил Дронго.

— Интересно, — сказала она со значением, — значит, мы можем повторить наш эксперимент? Как вы считаете?

— Не знаю, — честно сказал он, — мне кажется, мы несколько не в том возрасте для подобных экспериментов.

— И вам не стыдно? Говорить такое женщине? Я уже не говорю о своеобразном самоуничижении.

— Я не изменяю своей жене, — пробормотал Дронго, чувствуя, как неубедительно звучат его слова.

— Эти сказки расскажите другим, — усмехнулась Юна. — Какие еще причины для отказа? Послушайте, это даже неприлично. Я уговариваю вас уже десять минут. У вас есть совесть? Я ведь могу просто оскорбиться.

«И правильно сделаете», — подумал Дронго.

— Не нужно, — попросил он, — не нужно оскорбляться. Вы должны меня просто понять. Сегодня ночью я улетаю. Вернусь только через несколько дней. Если вы разрешите, я вам позвоню.

Она разочарованно усмехнулась.

— Приятная форма отказа, — произнесла она. — Ладно, черт с вами. Хотя все равно обидно. Вы напомнили мне о моем возрасте, а это всегда очень неприятно.

Когда они выходили из ресторана, он не решился напомнить ей о букете цветов. А она не захотела вспомнить. Уже прощаясь, она неожиданно сказала:

— И все-таки жаль. У нас дважды сорвались наши встречи. Как вы думаете, мы увидимся еще через тринадцать лет? Сколько нам тогда будет? Под шестьдесят. Идеальный возраст для свидания двух старых знакомых. Прощайте, господин эксперт.

Она села за руль своего «шестисотого» «Мерседеса» и мягко отъехала. Только тогда к Дронго подскочил официант.

— Там остался ее букет. Что нам с ним делать?

— Боюсь, он ей больше не понадобится, — ответил Дронго, глядя вслед машине.

Глава 17

В Нижний Новгород он прилетел ранним утром. Сразу из аэропорта поехал к дому Роберта Кярвалиса, работавшего в областном управлении МЧС. Таксист доставил его прямо к дому Кярвалиса. Он вошел в здание, поднялся на третий этаж. Позвонил, прислушиваясь к шуму шагов. Дверь открыла симпатичная девушка лет шестнадцати. Она была в коротком халатике.

— Ой, извините, — сказала девушка, — я думала, что это водитель нашего папы. Кто вам нужен?

— Это квартира Роберта Кярвалиса?

— Да. Но его нет дома. Он уехал на работу. Мама, это спрашивают папу! — крикнула дочь матери в комнату.

— Я подожду вашу маму, — улыбнулся Дронго.

Из комнаты вышла женщина, одетая в светлый костюм. Очевидно, она торопилась на работу. У женщины были красивые светлые глаза, как у дочери. Она подошла ближе.

— Вам нужен Роберт? Он сейчас на службе. Вы можете поехать к нему.

— Простите, вы его супруга?

— Да, — кивнула она, — что вам нужно?

— Я частный эксперт, приехал из Москвы.

По факту убийства друга вашего супруга Николая Сутеева.

Она отступила назад, прижимая руки к сердцу.

— Это такой ужас, — прочувственно произнесла она, — мы все так любили Колю. Это настоящее несчастье.

— Да, — согласился Дронго, — и я расследую убийство Николая Евгеньевича. Вы не знаете, как я могу связаться с вашей дочерью?

— С какой дочерью? — удивилась женщина.

— С Маргаритой. С вашей старшей дочерью.

— Она здесь, — обернулась женщина, — приехала к нам на несколько дней. У нее, по-моему, отпуск. Рита, к тебе пришли.

Из другой комнаты вышла высокая красивая девушка. Она была очень похожа на свою младшую сестру. У нее были одинаковые с матерью глаза и овал лица своей сестры. Она была одета в джинсы и майку. Подошла ближе. Нахмурилась.

— Кто вы такой?

— Я частный эксперт, — пояснил он, — меня обычно называют Дронго.

— Я не хочу с вами разговаривать, — резко сказала она.

— Рита, — укоризненно произнесла мать, — нельзя так себя вести. Ты, наверно, не поняла.

Этот господин расследует убийство дяди Коли. Ты не хочешь ему помочь?

— Я не хочу с ним разговаривать, — сказала она и, повернувшись спиной, направилась в свою комнату.

— Вы не хотите со мной разговаривать потому, что вам запретил Дмитрий Романович! — крикнул ей в спину Дронго.

Она замерла. Повернулась к нему.

— При чем тут Дмитрий Романович? — спросила Маргарита.

— Он позвонил вам и предложил взять отпуск, чтобы вы не встречались со мной. — Дронго не был уверен в своих словах. Но ему нужно было выиграть время.

— Откуда вы знаете?

— Я все знаю, — устало сказал он. — Поверьте, что Дмитрий Романович не прав. Мне нужно задать вам всего несколько вопросов. Я не стану вас долго задерживать. Только несколько вопросов. Вы можете говорить со мной в присутствии вашей матери.

— Проходите в комнату, — предложила мать.

— Не нужно, — сказал Дронго, — только несколько вопросов, которые не займут больше пяти минут, и я уеду к вашему отцу. Скажите, вы знали, что Николай Евгеньевич тяжело болен?

— Нет, не знала. Но мы все догадывались. Потом он приехал к нам и рассказал все нашему папе, — ответила Маргарита.

— Вы ушли от него примерно год назад. С тех пор не заходили в их офис?

— Почти не заходила. Не было времени.

— Вы знали, что Алла уволилась?

— Знала.

— А какие отношения у Николая Евгеньевича были с его супругой?

— Прекрасные. Они очень любили друг друга.

— Она знала, что он вам помогает?

— Конечно, знала. Я несколько раз была у них дома. И наши к ним приезжали.

— Спасибо, — кивнул Дронго, —у меня больше нет к вам вопросов. Извините, что я вас побеспокоил.

— И все? — удивилась Маргарита, посмотрев на мать.

— Все, — кивнул Дронго. — Вы можете дать мне номер мобильного телефона вашего отца, чтобы я с ним встретился?

— Конечно, — мать продиктовала номер телефона.

— Спасибо, — сказал Дронго. — А вы, Маргарита, возвращайтесь в Москву. Вам нужно учиться, а преподаватели не любят, когда студенты надолго выпадают из учебного процесса. Обещаю, что больше вас не потревожу. До свидания.

Он спустился вниз, сел в такси.

— Куда-нибудь ближе к центру, — попросил он водителя.

— Куда именно? — спросил тот.

— Какая у вас центральная улица?

— Большая Покровская.

— Поехали в этом направлении. Хотя нет. Давай сразу к зданию областного МЧС. Сумеешь найти?

— Найду, — кивнул молодой водитель.

Дронго набрал номер мобильного телефона Роберта Кярвалиса. И сразу услышал его голос. По-русски он говорил без акцента, даже с характерным нижегородским говором.

— Алло. Кто говорит?

— Это частный эксперт из Москвы, — пояснил Дронго, — меня обычно называют Дронго. Я бы хотел с вами срочно встретиться.

— А по какому вопросу?

— Я веду расследование по факту убийства вашего друга Николая Сутеева.

— Все ясно. Куда мне приехать?

— Я сейчас как раз еду к вам.

— Давайте. Я вас буду ждать. Скажите дежурному, что поднимаетесь ко мне, и он вас пропустит. Сразу на третий этаж.

— Спасибо. — Дронго убрал телефон.

Уже через полчаса он сидел в кабинете Роберта Кярвалиса. Войдя в кабинет, он улыбнулся. Девочки были поразительно похожи на отца, только глаза у них были от мамы. Роберт был высоким красивым мужчиной с породистым скуластым лицом. Девочки явно пошли в отца, такие же высокие и симпатичные.

— Простите, что вынужден вас беспокоить, — сказал Дронго, — но мне понадобилась ваша помощь.

— Если это поможет в расследовании убийства, я готов рассказать все, что вам нужно.

— Вы ведь знали его достаточно давно?

— Почти тридцать лет, — сообщил Роберт, — мы с ним вместе поступили в политехнический и вместе закончили. Пять лет учились в одной группе.

— Значит, очень хорошо знали друг друга. Каким он был?

— Очень рассудительным, выдержанным, порядочным. Очень порядочным. Вы знаете, он был нашим старостой и за пять лет ни разу не оставил себе даже пяти копеек. Требовал, чтобы все забирали деньги до копейки. Пять копеек тоже были тогда деньги. Можно было пять стаканов газировки купить. А на двадцать – батон серого хлеба.

– Ну да, я помню. А потом он уехал работать в Москву?

– Нет. Он сначала получил распределение в Тулу. Там отработал три года, а потом переехал в Москву. Он толковый был парень, очень способный. Вы бы видели, как он у нас в студенческих спектаклях играл, всем так нравилось. Мы с ним такие сцены разыгрывали. Иногда просыпаюсь и даже не верю, что его нет. Хотя, может, все так и должно было получиться. В последнее время он вел себя очень странно.

– В каком смысле странно?

– Как-то непонятно. Эта его болезнь, о которой мне говорила Маргарита, их неприятности на работе. Люди даже стали придумывать какие-то небылицы. Можете себе представить, даже его бывшая секретарь Алла стала рассказывать, что Николай и Лариса разошлись. Якобы он сам ей об этом сказал. Она так Маргарите и заявила. Рита позвонила мне, и я сразу сказал, что это чепуха. Я ведь почти каждый вечер ему звонил перед тем, как это произошло, перед его убийством. И разговаривал с ним, когда он был у себя дома, на проспекте Сахарова. Трубку либо он сам брал, либо Лариса. Но людям нравится придумывать небылицы.

— Подождите. Разве он жил не в другом месте последний месяц?

— Ничего подобного. Он жил со своей семьей, рядом с Ларисой, которую очень любил. Я точно знаю, что он был все вечера со своей семьей, можете мне поверить.

— Я вам верю, конечно. Что вы знали насчет его болезни?

— Сначала не знал. Но два месяца назад он приехал ко мне и сообщил, что врачи нашли у него какую-то редкую болезнь. Говорил, что ее трудно обнаружить. Сказал, что поедет в Германию. Я его тогда успокаивал, но он очень нервничал.

— Почему нервничал. Из-за болезни?

— Нет. У него были неприятности в компании. Сказал, что у них большие долги и он не знает, как они будут дальше существовать. Очень из-за этого переживал. Говорил, что Лариса может остаться с двумя детьми и без денег. Я его успокаивал, как она может остаться без денег, если у него две квартиры в Москве, дача, машины...

— И еще дом в Нижнем Новгороде, — напомнил Дронго.

— Дома давно нет, — улыбнулся Роберт, —

это их старый дом на улице Восьмого Марта в Сормовском районе. Так его давно снесли. Но все равно, одна его квартира в Москве стоит, наверное, целый миллион. А он все равно переживал.

– И больше вы с ним не виделись?

– Виделся. Он снова приехал к нам за неделю до убийства. Какой-то осунувшийся, очень плохо выглядел. Моя жена даже ему сказала, чтобы он больше фруктов ел. Витамины всякие. Он еще так улыбнулся.

– О чем вы говорили?

– Он был какой-то странный. Спрашивал меня, нет ли у меня знакомых в страховых компаниях. Я честно сказал, что никого не знаю. Потом он почему-то стал узнавать у меня, как наши пожарники узнают про поджоги в домах. Я ему сказал, что это очень легко. Одно дело, когда проводка загорается, а другое, когда сознательный поджог. Почему-то это его интересовало. Я так и не понял, зачем ему такие подробности. Потом он кому-то звонил. Сказал, что хочет приехать и поговорить. Таким странным голосом разговаривал. Я спросил, с кем он говорит, а он сказал, что это его знакомый, сына которого он спас. А мне дочь рассказывала, что он спас сына их сотрудника, который тяжело заболел.

— Он разговаривал с ним при вас?

— Да. У него фамилия была такая белорусская. Гнедич или Галич.

— Может, Гевелич?

— Правильно, Гевелич. Вот с ним он и говорил. Он пробыл у нас только три часа, сказал, что торопится на самолет, и сразу уехал. Я даже не понял, зачем он приезжал.

— И больше вы с ним не виделись?

— Нет, не виделся. Я поэтому ему и звонил каждый вечер. Как будто сердцем чувствовал, что может плохое случиться. Он какой-то подавленный был, очень растерянный. Я его таким никогда не видел. И когда мы прощались, он вдруг обнял меня и начал целовать. Я даже удивился, мы ведь с ним никогда не целовались.

— И каким человеком он был? Если охарактеризовать одним словом?

— Только одним? — задумался Роберт Кярвалис. — Я вам скажу. Приличным. Сейчас это слово уже не в моде. Порядочным и приличным человеком. Вот так правильно.

— Спасибо. — Дронго поднялся, пожал руку своему собеседнику.

Он вышел на улицу. Сегодня погода была

просто чудесной. У него самолет еще через четыре часа. Значит, он сможет посмотреть город, немного погулять.

— Давай на Большую Покровскую, — предложил он водителю.

Когда машина тронулась, он увидел вывеску сберегательного банка. Затем вывеску страховой компании. Страховая компания, вспомнил Дронго. Роберт сказал, что Сутеева интересовала страховая компания. Он не успел додумать эту мысль, когда раздался телефонный звонок. Это был Вейдеманис.

— Я получил распечатку, — возбужденно сообщил он, — ты был прав. В тот день Дмитрий Сутеев звонил им обоим. И Маргарите Кярвалис, и Ларисе Кирилловне. По нескольку раз. И потом звонил. Он нам все время врал, этот сукин сын. Наверно, он и организовал убийство своего двоюродного брата, чтобы получить этот домик в Нижнем Новгороде.

— Домика уже нет. Его давно снесли, — сообщил Дронго.

— Ничего не понимаю. Зачем он к нам пришел? Боялся, что его разоблачит прокуратура, и хотел таким образом сделать себе алиби? Что сам нанял частного детектива?

— Нет, — ответил Дронго, — все гораздо

сложнее. Я приеду и тебе расскажу. Оставь мне эту распечатку его звонков.

Он снова посмотрел в сторону дома, мимо которого они проехали. Тогда в аэропорту он встретил Маркевича, главу известной московской страховой компании. Он набрал номер телефона Маркевича.

— Добрый день, Семен Алексеевич, — начал Дронго.

— Как хорошо, что вы позвонили, — обрадовался Маркевич, — я как раз собирался вам звонить.

— По какому вопросу?

— У нас тут произошло неприятное событие. Убили нашего клиента, который был застрахован на три миллиона долларов. Сейчас его родственники требуют выплатить деньги, а мы ждем, пока прокуратура не выдаст нам официального заключения о смерти нашего клиента. Думаем обратиться к вам. Может, вы сами посмотрите это дело?

— Клиента звали Николай Евгеньевич Сутеев? — спросил Дронго, уже уверенный в ответе.

— Да. И к нам все время приезжает его двоюродный брат Дмитрий Романович Сутеев. Спрашивает, когда мы заплатим. Здесь получилось так, что мы не успели в этом году сделать медицинское освидетельствование. Как раз за неделю до этого Сутеева убили. Но по закону мы все равно должны выплатить деньги. Поэтому я хотел вам позвонить.

– Меня, к сожалению, нет в Москве, – ответил Дронго, – очень жаль, что не смогу вам помочь.

– Действительно, жаль. А зачем вы позвонили?

– Хотел договориться о встрече, когда вернусь. Мне всегда приятно вас видеть.

– Спасибо, мне тоже, – обрадовался Маркевич.

Дронго набрал номер телефона Вейдеманиса.

– Я уже все знаю, – сказал он, – расследование закончено. Позвони Дмитрию Сутееву и пригласи его завтра к нам в офис. Часам к двенадцати.

– Хорошо, – ответил Эдгар, – надеюсь, ты объяснишь мне, что там у тебя произошло.

– Это настолько невероятная история, что мы с тобой будем вспоминать ее всю свою жизнь, – пообещал Дронго.

Глава 18

Эдгар позвонил Дмитрию Романовичу и пригласил его в офис на проспекте Мира. Рано утром, за три часа до встречи с Сутеевым, Дронго уехал на встречу с Гевеличем. Вернулся он в каком-то непонятном настроении, опустошенный и уставший.

— Я тебя никогда таким не видел, — сказал Вейдеманис, — что случилось?

— Разговаривал с Гевеличем, — пояснил Дронго, — если бы ты только знал, как это было тяжело.

— Что случилось? — встревожился Эдгар.

— Я потом тебе расскажу, и ты все поймешь, — обещал Дронго.

В назначенное время в офисе появился Дмитрий Романович. Он как-то неуверенно вошел, словно чего-то опасаясь. Прошел в кабинет Дронго и так же не очень уверенно кивнул в знак приветствия, не решаясь протягивать руку. Затем уселся на место гостя, выжидательно глядя на Дронго. Тот поднял трубку и пригласил в кабинет Эдгара Вейдеманиса. Сутеев обернулся, когда Вейдеманис вошел в кабинет.

— Вы сказали, что закончили расследование, — голос гостя немного дрогнул, — и вы знаете, кто был убийцей моего брата. Вы можете мне об этом рассказать?

— Я полагаю, что вы могли бы рассказать мне гораздо больше интересного, чем при первой нашей встрече, — начал Дронго, — я уже тогда подумал, что вы не очень искренни и несколько путаетесь в своих рассказах.

— При чем тут я? — встрепенулся Дмитрий Сутеев. — Я не убивал своего брата и не имею к этому никакого отношения.

— Насчет убийства могу согласиться, — кивнул Дронго, — насчет «никакого отношения» мы поговорим более подробно. Итак, вы, господин Сутеев, пришли ко мне несколько дней назад и попросили заняться розысками убийц вашего брата. Но начнем немного издалека. Чуть больше месяца назад я случайно встретился с вашим двоюродным братом в аэропорту.

Но до этого произошла моя встреча с главой страховой компании господином Маркевичем, который кричал на весь зал о том, как он меня любит и как меня ценят в этой страховой компании. Маркевич улетел, а я прошел в туалет. В этот момент там появился ваш брат. Конечно, он знал, кто такой Маркевич, тем более тот кричал об этом столь громко. К этому времени у вашего двоюродного брата уже два года была страховка компании Маркевича: он застраховался на три миллиона долларов.

— Я об этом не знал, — сразу сказал Сутеев.

— Лучше молчите и ничего не говорите, — поморщился Дронго, — вашу ложь легко разоблачить. Вы уже приезжали в страховую компанию, чтобы узнать, когда можно будет получить страховку за вашего погибшего родственника. Три миллиона долларов, господин Сутеев. Очень большие деньги. И ваш брат понимал, что для проверки подобной выплаты страховая компания наверняка захочет подтверждения его убийства. А лучший эксперт по расследованию подобных преступлений, о котором говорил Маркевич, был сидящий перед вами собеседник. Именно поэтому Сутеев вошел следом за мной в туалет. Он был действительно в очень подавленном состоянии, ведь прекрасно понимал, насколько серьезная у него болезнь. Но, услышав слова Маркевича и увидев меня, неожиданно осознал, что у него появляется некий шанс на спасение своей семьи.

Он вошел следом за мной в туалет и даже заплакал. Я еще тогда подумал о некой театральности подобного зрелища. Его однокурсник Роберт Кярвалис сообщил мне, как они вместе играли в студенческих спектаклях, и Николай Сутеев был одним из лучших исполнителей. Но дело не в этом. Я даже думаю, что он действительно мог заплакать, учитывая его положение. Компания на грани разорения, огромные долги, которые отнимут у его семьи все нажитое состояние, и тяжелая болезнь, не оставляющая ему ни одного шанса. Я уже тогда подумал, что он слишком настойчиво просит мою визитку. Носовой платок, который я ему одолжил, явно не стоил подобной настойчивости. Но ему важно было не только получить визитку, но и сообщить мне о якобы имеющихся разногласиях с супругой.

Ваш родственник все правильно рассчитал. Только при условии его возможных разногласий с супругой никто всерьез не станет принимать версию о его самоубийстве и выплате страховой суммы его семье. К тому же он решил задействовать в этом хорошо срежиссированном спектакле и вашего покорного слугу. Очевидно, он успел рассказать вам обо всем. Ведь за два дня до убийства вы были у него дома. Причем на старой квартире, тогда как он на самом деле жил у себя на проспекте Сахарова. Именно туда в последние дни звонил Роберт Кярвалис и неизменно находил его со своей семьей. Значит, сообщение об их разрыве и переезде Николая Евгеньевича в старую квартиру было неправдой. Но вы действительно с ним встречались за два дня до его смерти, как вы сами неосмотрительно мне сообщили. И тогда был разработан план, по которому сразу после убийства Сутеева вы обращаетесь ко мне с просьбой найти возможного убийцу. При этом вы все время намекаете мне, что это было случайное убийство, а убийца по глупости или недомыслию не успел унести деньги, находившиеся в карманах погибшего.

Дмитрий Романович молчал, не решаясь ничего возразить.

— Насчет страховки вы, конечно, знаете. И я даже скажу вам, почему. Когда вы поехали в Турцию, один из ваших мальчиков подвернул ногу, и платить пришлось вашему двоюродному брату. Вот тогда он впервые и задумался о страховании собственной жизни для безопасности своей горячо любимой семьи. На самом деле не было никаких разрывов, никаких скандалов. Они просто обожали друг друга, и Лариса Кирилловна очень тяжело переживает смерть своего мужа. Она до сих пор держит его большую фотографию в гостиной. Согласитесь, что нельзя выгонять мужа из дома и держать его фотографию в гостиной. Это несколько нелогично.

Идем дальше. В разговоре со мной вы все время жаловались на несправедливость наследственного права, по которому практически все имущество и деньги отходили семье вашего брата. Вы немного перестарались. Я обратил внимание на ваши слова и как вы говорили о предусмотрительности вашего брата. Почему же ваш брат не думал о том, что на его семье останутся висеть огромные долги, которые числились на компании «Ростан», совладельцем которой был Николай Евгеньевич? Разве он не понимал, что в силу своего состояния просто не сможет помочь семье вылезти из этой трудной ситуации? Неужели он был настолько глуп и нечувствителен к будущему горячо любимой семьи? Кстати, сын Ларисы Кирилловны тоже жил вместе с ними, а не у бабушки, как вы меня пытались уверить.

И еще несколько фактов. Ваш брат специально полетел в Нижний Новгород, чтобы узнать у своего друга Роберта Кярвалиса, как можно поджечь свою квартиру. Возможно, он хотел уйти из жизни таким образом. Но старый друг объяснил ему, что поджог всегда будет раскрыт и его невозможно скрыть. Тогда эта идея сразу отпала. Нужен был конкретный исполнитель для инсценировки убийства с целью ограбления. Он поэтому и взял с собой деньги, чтобы их могли у него забрать. Он даже просил, чтобы кусочки денег остались в его кармане, якобы убийца торопился и быстро забрал деньги. Но убийца не тронул эти деньги. Просто не сумел их взять.

Еще один интересный факт. Главный бухгалтер компании «Ростан» отметила, что на столе погибшего был всегда творческий беспорядок. А сразу после его убийства они вошли в кабинет и с удивлением обнаружили там идеальный порядок, словно он заранее знал о своем убийстве и готовился к нему, приводя свои документы в порядок. А его бывший секретарь Алла рассказала, что он вызвал ее и сказал, что она будет работать три месяца, после чего должна искать новую работу. Причем эти месяцы он готов был доплачивать ей зарплату из своего кармана. Наконец, про договор с австрийцами, который должен был спасти компанию, он узнал раньше всех. Ему сообщил об этом вице-президент банка КТБ Йозеф Гоффман, который сразу предупредил его о том, что их банк любыми способами постарается сорвать решение австрийцев о выделении кредита компании «Ростан». Вы об этом не знали, но мне об этом сообщила другой вице-президент банка, Юна Миланич. Итак, капкан захлопнулся. Николай Евгеньевич понимал, что у него уже нет никаких шансов помочь своей семье в этот сложный момент, но не оставлять же их на улице фактически без крыши над головой.

Поэтому он продумывает свой план, а появление Маркевича в аэропорту только ускоряет решение этого вопроса. Николай Сутеев рассказывает мне о разрыве с женой. До этого он успел сообщить об этом Алле, своему секретарю. Остальных он пока не посвящает в такие подробности. Затем он вызывает вас, с которым очень дружил, и обговаривает всю ситуацию. Возможно, вы были против, возможно, вы его даже отговаривали, но он уже понимал, что может умереть в любую минуту. У него было так мало времени. И тогда он просит вас подыграть ему и сразу после убийства обратиться ко мне якобы за помощью.

Еще один смешной факт — дом, который якобы оставлен вам в наследство, давно снесли. Об этом я тоже узнал, когда был в Нижнем Новгороде.

— Если вы беспокоитесь за свой гонорар... — начал Сутеев.

— Я беспокоюсь за вашу душу, Дмитрий Романович, — перебил его Дронго, — вам ведь было трудно. Человеку вообще трудно дается ложь. Нужно постоянно помнить, что именно ты сказал, помнить, кому это сказал и в какой последовательности. На самом деле постоянно лгать очень трудное занятие. Вы боялись, что, поговорив с Маргаритой Кярвалис, я выйду на ее отца, который расскажет мне немало интересных подробностей, в том числе и необычную просьбу Николая Евгеньевича, в которой он ему отказал. Вам важно было сделать все, чтобы я не встретился с Маргаритой до того, как страховая компания примет решение о выплате денег. И поэтому вы позвонили ей и попросили уехать куда-нибудь из города. А когда я хотел встретиться с Ларисой Кирилловной, вы позвонили ей и предупредили о моем возможном звонке. Вы понимали, что вдова не сможет разыгрывать сцены брошенной женщины, она для этого слишком любила вашего брата, и поэтому предложили ей вообще отключить телефон...

— Это все ваши выдумки, — неуверенно пробормотал Сутеев.

Дронго достал из ящика стола бумагу и положил ее на стол. Это были распечатки телефонных звонков Сутеева.

— Вот ваши телефонные звонки с мобильного аппарата, — пояснил Дронго, — вам будет сложно уверить меня, что это только выдумки. Можете проверить по минутам, я все точно отметил.

Сутеев посмотрел на распечатку, потом отодвинул ее от себя.

— Что вы хотите, — недовольно спросил он,

— вам мало того, что Николая уже нет на свете? Хотите разорить его семью?

— Не хочу, — ответил Дронго, — я просто честно выполнил свою работу. Сегодня я уже знаю, как все это произошло и что именно случилось в доме на Профсоюзной. Я только хотел рассказать вам обо всем, чтобы вы поняли, насколько опасно нанимать профессионального эксперта для прикрытия подобных дел. Расследование иногда приносит странные результаты, господин Сутеев.

— Он считал, что вы сможете подтвердить его слова, — неожиданно сказал Дмитрий, — насчет его жены, о чем он сам вам рассказал. Николай боялся, что страховая компания заподозрит неладное и не захочет платить. Он точно знал, что обречен, и давно придумал этот план. Ему было важно, чтобы его застрелили. Он говорил, что даже не может сам застрелиться, так как в этом случае страховая компания не будет платить денег его семье. Он узнавал у какого-то юриста. Тот сказал ему, что на теле останутся пороховые ожоги и будет понятно, что пистолет был приставлен к груди и стреляли с близкого расстояния. А найти подходящего человека он не мог. Я сразу отказался, у меня не хватило бы на это мужества. Свою жену он просить об этом не мог. Оставался Роберт Кярвалис, но тот тоже отказал. Я до сих пор не знаю, кого именно он нашел.

— Зато я знаю, — сообщил Дронго, — два часа назад я встречался с этим человеком, и он мне все рассказал.

— Он признался в убийстве Николая? — встрепенулся изумленный Дмитрий Сутеев.

— Да, — кивнул Дронго, — он рассказал мне обо всем. И о тяжелой болезни вашего брата, и о возможном крахе компании, и о долгах, которые висели на совладельцах компании. Обо всем.

— Что вы намерены делать? — спросил Сутеев.

— Ничего. Расследование закончено. Если вы хотите узнать про убийцу, то я вам никогда не назову его имени. Этот человек не убийца, он всего лишь выполнял волю вашего брата. И поверьте мне, что ему было тяжелее всех. И сейчас тяжело.

— Значит, вы ничего не станете сообщать в страховую компанию?

— Если меня спросят, то я скажу, что занимался поисками убийцы Николая Сутеева и не сумел ничего найти. Это все, что я могу сделать для вас и семьи погибшего.

— Спасибо, — взволнованно произнес Сутеев, поднимаясь со стула, – вы можете не беспокоиться. Ваш гонорар мы все равно выплатим. Лариса очень переживала, что говорила с вами несколько раздраженно, но вы должны понимать ее состояние.

– Я понимаю, – сказал Дронго, – пусть поправляется. Надеюсь, что ей не придется уезжать из собственной квартиры. Она и так перенесла тяжелую утрату.

– Мне было так неловко говорить об их разрыве, – признался Дмитрий Сутеев, улыбнувшись, – вы даже не можете себе представить, как мне было плохо. Они были идеальной парой. Чтобы спасти свою семью, он даже пошел на такой невероятный шаг. Вы знаете, он очень переживал, что сказал Алле о разрыве с Ларисой. Ему казалось, что кто-то мог плохо подумать о его любимой жене. Можете себе представить, как он к ней относился.

– Когда он застраховал свою жизнь, разве его не смотрели врачи? – уточнил Вейдеманис.

– Конечно, смотрели, – кивнул Дмитрий, – но два года назад ничего не нашли. И год назад тоже ничего. Отметили только повышение сахара в крови. Говорят, что рак поджелудочной железы почти невозможно диагностировать заранее. Нужны дополнительные анализы. Но кто тогда мог подумать? А в этом году обследование было назначено как раз на этот месяц. У него больше не оставалось времени. Он не мог ждать, иначе они бы все поняли. Он был уже в таком состоянии, что врачи сразу бы выдали заключение о его тяжелой болезни. И страховая компания разорвала бы с ним страховой контракт. Вы знаете, как он переживал, что должен идти на такой невероятный шаг? Планировать собственное убийство. Но другого выхода спасти семью у него просто не было. Он сказал мне, что все равно обречен, но своей жизнью он сможет спасти Ларису и детей. Ведь он считал себя отчасти виноватым в том, что произошло с компанией «Ростан». Он говорил, что они не смогли предвидеть кризис и рассчитать все последствия своих непродуманных экономических расчетов.

Дронго взглянул на Вейдеманиса. Тот пожал плечами.

— Проклятый капитализм, — невесело пробормотал Эдгар.

— И еще, — вспомнил Сутеев, — он просил передать вам ваш носовой платок. Когда все закончится. Я принес его с собой. В прошлый раз он тоже был со мной, но я не мог его дать, иначе вы бы поняли, что Николай заранее готовился к своему убийству. Вот ваш платок.

Сутеев вытащил завернутый в прозрачный целлофановый пакет выстиранный и выглаженный носовой платок. Передал его Дронго.

— Приличный человек, — усмехнулся Вейдеманис, — не забыл про чужой носовой платок.

За два часа до разговора с Дмитрием Сутеевым.

Последняя остановка метро на Калужско-Рижском направлении — станция «Битцевский парк». Его машина подъехала к метро. Водитель вышел из машины, чтобы найти нужную им улицу. Вернулся в машину, сел и поехал в южном направлении. Минут через десять он мягко притормозил, показывая на пятиэтажный старый дом:

— Это здесь.

— Подожди меня здесь, — попросил Дронго.

Он вылез из машины, поднял голову. С самого утра моросил дождь. Дронго прошел к дому. В это утро во дворе почти никого не было. Он вошел в старый, обшарпанный подъезд, поднялся на несколько ступенек наверх, нашел одиннадцатую квартиру на первом этаже. Позвонил. Ждать пришлось довольно долго. Затем дверь открылась. На пороге стоял мужчина лет сорока. Высокого роста, с хорошо развитой мускулатурой, в одной темно-синей майке и джинсах. Крупные черты лица, светлые глаза, всклокоченные темные волосы, упрямо сжатые губы и выступающий вперед подбородок. Он испытующе смотрел на Дронго.

— Здравствуйте, — сказал гость, — вы Петр Данилович Гевелич?

— Да, — спокойно кивнул тот, — это я.

— Можно войти?

— Конечно. А вы один?

— Да. И вас это удивляет?

— Немного, — пожал плечами Гевелич, — я думал, что за мной приедут двое или трое. Как обычно показывают в кино. Когда арестовывают.

Дронго взглянул на хозяина квартиры.

— Почему вы решили, что я приехал вас арестовать?

— Не нужно играть в кошки-мышки, — попросил Гевелич, — я и так столько всего передумал. Вы ведь не в гости ко мне приехали. Проходите в столовую, я сейчас рубашку надену.

Дронго прошел в столовую. Здесь было чисто убрано. На стене висела большая женская фотография. На серванте стояли фотографии девочек. Рядом была фотография, где запечатлены все пятеро. Сам хозяин квартиры, его супруга, улыбающиеся девочки и мальчик на руках у матери. Счастливая семья улыбалась фотографу. Дронго нахмурился, сел на стул. Гевелич вошел в комнату, уже надев темно-синюю рубашку. Прошел к столу, тяжело опустился на стул.

— Приехали за мной, — снова сказал он, — я ведь знал, что вы все равно придете.

— Я не из милиции и не из прокуратуры, — сообщил Дронго, — я всего лишь частный эксперт.

— Какая разница, как вас теперь называют, — криво усмехнулся Гевелич, — все одно уже. Раз приехали, значит, нашли. Так и должно было случиться.

— Где ваш сын? — неожиданно спросил Дронго, чтобы сменить настрой хозяина.

— Что? — не понял тот.

— Где сейчас ваш сын?

— А при чем тут мой сын? Он сейчас у моей сестры гостит, в деревне. Почему вы про него спрашиваете?

— Я слышал, что он тяжело болел несколько месяцев назад.

— Верно, — вздохнул Гевелич, — очень тяжело. Врачи сказали, что не выживет. Какую-то инфекцию подхватил. Когда матери рядом нет, ребенку трудно одному...

Он отвернулся. Было заметно, как он нервничает.

— Успокойтесь, — попросил Дронго, — вы

все не так поняли. Я приехал сюда как человек, который хочет разобраться, что именно произошло. Вы ведь работали с Николаем Евгеньевичем?

— Да, — кивнул Гевелич, — вместе работали несколько лет. Я в компанию давно пришел, первым прорабом у них был. Все их строительные работы через меня проходили.

— Не сомневаюсь. Все говорили, что вы хороший профессионал. Простите, что я спрашиваю. Когда произошла эта авария?

— Три года назад, — глухо выдохнул Гевелич, — я сам сидел за рулем. Сам вел машину, когда выскочил этот грузовик. И самое обидное, что светло было, все вокруг видно, а он вдруг выскочил на встречную полосу. Я еще хотел увернуться, уйти от столкновения, повернул машину, и он врезался прямо в нас...

Он тяжело вздохнул.

— Девочки погибли сразу. Обе. Они были близняшки, и говорят, что у близняшек должна быть похожая судьба. Не знаю. Может, и так. Жена мучилась в больнице полтора дня. Ей не сказали, что случилось. Мальчик почти не пострадал, только ссадины были. А я живой остался. Вообще ни царапины. Можете себе представить, — он закусил губу, очевидно, чтобы не расплакаться, – вот так иногда несправедливо бывает. Они погибли, а я живой остался.

Гевелич сжал кулаки. У него были мощные кулаки рабочего человека.

– Я тогда думал, что просто с ума сойду. Если бы не сын, точно повесился бы. Или спился. Не знаю. Только в бога я после этого не верю. Я ведь крещеный был, и дети были крещеные. Вот после этого случая я свой крестик и выбросил. Сказал, что бог не может такое устраивать. Значит, его и нету вовсе. Я почти полгода на работу не ходил. Шесть месяцев. И вы знаете, что они делали? Зарплату мне домой посылали. Ни разу никто не спросил, когда ты выйдешь на работу. Ни разу. Это все Николай Евгеньевич делал. Мне ребята рассказали, что он вообще запретил меня трогать. Ну а потом я вышел на работу. Нельзя было дома сидеть, нечестно так зарплату получать.

Дронго молча слушал исповедь человека, сидевшего перед ним.

– Потом немного отошел, – продолжал Гевелич, – трудно было, но пытался забыться. А как тут забудешься, когда домой приходишь и на тебя отовсюду глядят глаза жены и девочек. А тут еще пацан начал все понимать, спрашивает, где его мама. Я иногда думал, что не выдержу, просто сорвусь. Открою газ и взорву нас вместе с сыном. Потом в себя приходил. Николай Евгеньевич помог мальчика в детский сад устроить. А зимой Саша заболел. Я отвез его в больницу, когда у него температура уже под сорок была. Он весь горел. Врачи сказали, что это какая-то инфекция, долго объясняли, что нужно было раньше приехать. Я думал, что сойду с ума. Это ведь все, что у меня в жизни осталось. Если бы он умер, я бы точно рехнулся. Честное слово, в этот день бы на себя руки наложил. Зачем мне жить, если и его Бог решил отнять.

А потом в больницу приехал Николай Евгеньевич. Он сразу распорядился перевести ребенка в другую палату и начал звонить своим знакомым. Оказывается, можно было найти какое-то дорогое лекарство. Он всех на ноги поднял, честное слово, до заместителя министра дошел. Приехали врачи, какой-то профессор. Сутеев ему рассказал и про нашу аварию, и про мою семью. Вы бы видели, как этот профессор переживал, — он всхлипнул — оказывается, у него самого за несколько лет до этого дочь умерла, — так вот, он не выходил из палаты мальчика. Сидел рядом с ним. И меня убеждал, что Сашу они обязательно спасут. Лекарства привезли. Потом сказали, что повезут на операцию.

Я стоял там в коридоре и плакал так, что вся больница собралась на меня, идиота полоумного, посмотреть. Рыдал так громко, что из соседних палат люди выходили, чтобы меня увидеть. Потом меня увели, сказали, что это шок. Уколы делали, лекарства давали, я словно во сне был.

Когда вернулся, операцию уже заканчивали. Потом профессор вышел и пожал мне руку, сказал, что все будет хорошо. Так и получилось. Саша сразу на поправку пошел. Я тогда к Николаю Евгеньевичу пришел в кабинет и на колени перед ним встал. Он для меня был как бог. Ведь это он моего сына спас.

Гевелич вытер набежавшую слезу. Затем взглянул на Дронго.

— Как вас зовут?

— Меня обычно называют Дронго.

— Значит, Дранко. Вы извините, что я вам все рассказываю. Может, в последний раз исповедуюсь, потом уже не захочу ничего говорить. В общем, спасли моего сына, и уже через две недели он дома был. А потом однажды ко мне сам Николай Евгеньевич приехал. Вот сюда, ко мне домой приехал. Саша спал в своей комнате, а я гостя здесь принимал. Вот в этой комнате.

Он тяжело вздохнул.

— Даже не знаю, как он меня уговорил. Только он мне все честно рассказал. Врачи нашли у него тяжелую болезнь. Из тех, что не лечится. Я пытался его успокоить, говорил, что сейчас можно любую болезнь вылечить. Знаете, что он мне сказал? Говорит: «У меня рак поджелудочной железы, в четвертой степени. И я в любую секунду могу потерять сознание и умереть». Врачи в Германии его смотрели и сказали, что ему операцию делать поздно. Ничего уже не поможет.

Гевелич опустил голову. Потом посмотрел на Дронго.

— Вот скажите, где справедливость в этом мире? Почему такой хороший человек должен был получить такую страшную болезнь. И ведь совсем молодой был, только сорок семь лет.

— Что он вам сказал?

— Рассказывал о своей жизни. Говорил, как любит жену и детей. Обоих детей. Он ведь ее мальчика тоже усыновил. Рассказал про компанию, про наши трудности. Ему кто-то сообщил о том, что австрийцы денег не дадут. Вот он и переживал сильно. А потом попросил меня ему помочь. Я когда услышал, даже не поверил. Решил, что либо он, либо я рехнулся. И сразу отказался. Сказал, что он спаситель моего сына, и я не могу так поступить.

Он начал меня уговаривать. Просил спасти

его семью. Объяснил, что если суд вынесет решение в пользу банкиров, то они отнимут у его семьи все, что у них есть. А он очень переживал из-за этого. У него ни денег не осталось, ни имущества. Говорил, что верит в Вахтанга Михайловича, который сам компанию поднимет. Но боялся, что может умереть в любой момент. Мы даже поспорили. Я сказал, что грех так думать. А он мне напомнил про артиста нашего. Известного актера. Олега Янковского. Сказал, что у него тоже такая болезнь была. И лучшие врачи ничего не смогли сделать. Вы знаете, он бы меня все равно не уговорил. Никогда в жизни бы не смог уговорить. Но он вот здесь, на этом полу, встал на колени. Понимаете, он встал на колени передо мной и попросил меня это сделать. Я ведь помнил, как сам стоял на коленях и благодарил его за моего сына. Как я мог ему отказать? В тот момент я понимал, что обязан это сделать. Обязан спасти его семью от разорения. Как я мог его не послушать? Он ведь спас моего сына. И тогда я согласился.

Он сказал мне, что может умереть в любой момент, и достал из сумки такой большой пистолет. Старый пистолет, там всего три патрона было. Мы договорились, что вместе поедем к нему домой и я в него выстрелю. На старую квартиру, где нас бы никто не увидел. Только он попросил, чтобы я все три выстрела в него сделал.

— Он объяснил, почему?

— Рассказал мне все. Через неделю он должен был проходить медицинскую комиссию. Два года назад он застраховал себя на три миллиона долларов. Чтобы в случае чего его семья не осталась без денег. Тогда его здоровым признали. А через год тоже смотрели и опять признали здоровым. Только отметили, что сахара у него много в крови. А теперь он не мог ждать, пока они его проверят, ведь тогда они бы его страховки лишили и семья бы ничего не получила. Он сказал, что все продумал, и если я ему помогу, то спасу его семью от разорения. Он хотел, чтобы все поверили в его убийство. Сутеев мне пояснил, что ждать не может, а жить ему осталось совсем мало. Он мне честно сказал, что про меня никому не расскажет, ни двоюродному брату, ни своей жене.

— Значит, он хотел получить страховку и боялся медицинского освидетельствования, которое могло выявить у него онкологию в последней стадии, — понял Дронго, — и поэтому он решил устроить собственное убийство.

— Да, — кивнул Гевелич. — Честное слово, у меня руки дрожали. Мы вместе поехали к нему домой. Вошли в дом с разных сторон, чтобы нас не видели. Он мне сказал, чтобы я обмотал платком пистолет, чтобы тот не очень громко стрелял, хотя все равно выстрел получился сильным. Мы стояли на лестничной площадке, и я не мог выстрелить. Он так на меня посмотрел...

— Помоги мне, — попросил Сутеев, — ты же все понимаешь.

И тогда я выстрелил. Он сразу упал. Мы договорились, что я возьму из его карманов деньги, только я этого сделать не смог. Он даже попросил меня надорвать деньги, несколько кусочков у него в кармане оставить. Но я не мог этого сделать. Совсем забыл об этом, как только увидел его, в крови лежавшего. Господи, я буду помнить об этом всю жизнь. Я ведь человека убил, пусть даже и по его большой просьбе. Пусть даже для того, чтобы семью его спасти. Все равно гореть мне в аду.

Как только он упал, я к нему бросился. Хотел помочь. Но он уже умер как праведник. С улыбкой умер. От одной пули. Я понял, что уже ничем ему помочь не смогу. Повернулся и побежал вниз. Потом пистолет где-то в реке выбросил. И в церковь побежал. Честное слово, в церковь побежал. И начал молиться за душу Николая Евгеньевича. Он праведным человеком был. Он ведь не виноват, что все так получилось. И этот кризис проклятый, и его болезнь. Он спасти хотел свою семью от разорения. Я думаю, что если там нас все-таки ждет рай или ад, то он наверняка в рай попадет. Ему стыдиться не стоит, он все сделал правильно. Только мне рая не видать. У меня остановка на другой станции.

Гевелич умолк. Затем снова взглянул на Дронго.

— Будете меня арестовывать? — спросил он. — Я готов. Мне уже в этой жизни ничего не страшно.

— Не буду, — ответил Дронго, — это не в пределах моей компетенции.

Он поднялся со стула. Пошел к дверям.

— Подождите, — остановил его Гевелич, — вы ничего мне больше не скажете?

— Нет, — ответил Дронго, — не скажу. Если вы спросите мое личное мнение, то я не знаю, что мне нужно говорить в подобных случаях. До свидания.

Он протянул руку убийце. Это было впервые в его жизни, когда он протягивал руку человеку, только что признавшемуся в убийстве другого человека. Гевелич посмотрел на протянутую руку и все понял. Это было как прощение. Или понимание. Или сочувствие. В этом жесте гостя было великое отпущение грехов. Иногда не обязательно много говорить. Можно только протянуть руку. Он беззвучно заплакал. Слезы катились по его щекам. Гевелич пошатнулся. Потом схватил Дронго за руку.

— Вы считаете, что я сделал все правильно? Только скажите мне правду. Прошу вас.

— Я думаю, что на вашем месте, возможно, поступил бы так же, — признался Дронго, — только я вам не судья. У вас уже есть другой судья. И он вправе решать, верно ли вы поступили.

— Какой судья? — не понял Гевелич.

И тогда Дронго показал вверх.

Литературно-художественное издание

СОВРЕМЕННЫЙ РУССКИЙ ШПИОНСКИЙ РОМАН

Абдуллаев Чингиз Акифович

ПРИЛИЧНЫЙ ЧЕЛОВЕК

Ответственный редактор *А. Дышев*
Редактор *В. Ротов*
Художественный редактор *А. Сауков*
Технический редактор *О. Куликова*
Компьютерная верстка *Е. Кумшаева*
Корректор *Ю. Иванова*

ООО «Издательство «Эксмо»
127299, Москва, ул. Клары Цеткин, д. 18/5. Тел. 411-68-86, 956-39-21.
Home page: **www.eksmo.ru** E-mail: **info@eksmo.ru**

Подписано в печать 05.08.2010.
Формат 70x90 1/32. Гарнитура «Петербург».
Печать офсетная. Усл. печ. л. 11,67.
Тираж 17000 экз. Заказ № 6396.

Отпечатано с готовых файлов заказчика в ОАО «ИПК
«Ульяновский Дом печати». 432980, г. Ульяновск, ул. Гончарова, 14

ISBN 978-5-699-44187-7

9 785699 441877 >